좀비에 관한 연구

시작시인선 0291 좀비에 관한 연구

1판 1쇄 펴낸날 2019년 5월 24일
지은이 이동순
펴낸이 이재무
책임편집 박은정
편집디자인 민성돈, 장덕진
펴낸곳 (주)천년의시작
등록번호 제301-2012-033호
등록일자 2006년 1월 10일
주소 (03132) 서울시 종로구 삼일대로32길 36 운현신화타워 502호
전화 02-723-8668
팩스 02-723-8630
홈페이지 www.poempoem.com
이메일 poemsijak@hanmail.net

ISBN 978-89-6021-427-9 04810
      978-89-6021-069-1 04810(세트)

값 9,000원

좀비에 관한 연구

이동순

천년의시작

시인의 말

좀비zombie는 우리 내부의 모든 부정적 악습, 가치와 균형 감각의
마비 상실, 또 그로 인한 중심 이탈 때문에 생겨난 각종 우려의 기
호記號이다. 우리가 항시 두려워하는 좀비는 그동안 방만했던 삶
에 대한 경고이며, 구체적 위기를 일깨워 주는 상징이다. 탐욕을
반성하지 않고 줄곧 과거와 같은 시간을 되풀이한다면 우리는 끝
내 우리가 빚어낸 좀비에게 제압당할 수밖에 없다. 지난 몇 해 동
안 나는 이 좀비 현상이라는 시적 화두에 몰두하였다.

이 시집은 우리 내부에 깊이 뿌리박힌 좀비 현상에 대한 비판과 풍
자이다. 이러한 비평적 담론을 풀어내는 적절한 화법으로 나는 랩
rap 기능을 주목하였다. 랩이란 각운脚韻이 느껴지는 말을 반복적
리듬에 맞춰 강렬하게 발성하는 방법이다. 말과 노래의 경계쯤에
있는 랩은 빠른 속도로 가사를 읊어가는데 이때 가사에 현실 비판
과 풍자를 함께 실어낸다. 이 시집의 작품을 랩의 경쾌 신속한 리

듬으로 읽으면 한층 실감이 느껴질 것이다.

제5부의 장시 「스몸비 타령」은 스마트폰의 해독과 부작용에 대한 테마를 판소리 형식으로 구성해서 새롭게 엮어본 작품이다. 멋진 소리꾼이 이 작품을 무대 공연으로 올리고, 평조 우주 계면조 등의 가락을 적절히 배합해서 한바탕 연창演唱하면 좋으리라.

우리 스스로가 건강한 심신으로 이타적利他的 삶을 살아간다면 달리 무슨 염려가 있으리오. 거칠고 볼썽사나운 좀비 현상에 시달리며 그 후유증으로 점차 시들어가는 우리 시대 힘겨운 이웃들에게 이 시집을 보낸다.

2019년 봄
이동순

차 례

시인의 말

제1부

제1부

좀비들의 세상
—좀비에 관한 연구 1

수십 년
지구 행성 머물며
참으로 많은 좀비 겪었네
가장 분명한 사실은 그 좀비
우리와 같은 호모사피엔스라는 점
주식과 몇 군데 부동산
세속적 명예 보잘것없는 직책
거기에 생애 걸고
허겁지겁 달려가는 무수한 좀비
거기에 목숨까지 서슴없이 바치는 좀비
그 속에 끼어서
나도 하나의 좀비로 살았네
잠시 방심한 채
그 좀비 인간으로 착각한 채
우정 존경심
사랑과 그리움 한껏 쏟은 적도 있었지
하지만 그는 끝내 부활한 시체
화폐에 영혼 붙잡힌
가련한 좀비
자기밖에 모르는 독선적 이기적 좀비
이 좀비 나라에서 버티려면
나도 좀비 되어야 하나

좀비의 발생 과정
—좀비에 관한 연구 2

그들에게

지성 기대하지 마

지성 잃어버린 인간의 부류는

모두 좀비로 바뀌었어

잔학하고 냉정한 좀비는 영생불멸

자신의 직속상관에게

맹목적 충성 바치고 복종하는

좀비는 가련한 노동자

봄볕 따스하게 내리쬐는 오후

좀비가 잠시 양심 회복하는 평화의 시간

하지만 그것도 안개처럼 사라지고

좀비는 자기 영혼

어둡고 갑갑한 항아리 속에 가두네

공장에서 대량으로 만들어지고

제품처럼 생산되는 좀비

어딜 가도 코 자극하는 테트로도톡신

강렬한 좀비 체취여

복어 독보다 수십 배 더 무서운

좀비 독성은

이제 지구 뒤덮고 있네

무능하고 우둔한 지도자 꼴로
공격적이고 도발적인
폭군의 미련한 몰골로 좀비는
우리 앞에 자주 나타나네

좀비의 생리
—좀비에 관한 연구 3

무엇이
인간 좀비로 만들었나
그것은 개인주의
도구적 이성의 지배
시민으로서의 정치적 자유 상실
이 때문에 인간은
다만 자기 삶에만 초점 맞추고 살아가네
마음의 시야 점점 좁아지고
삶의 의미 사라졌네
남과 이웃 따위 안중에 없어
오로지 자기도취
보다 높은 삶에 대한 목적도 없어
이렇게 좀비로 바뀐 인간들
오늘도 더 많은 부동산 얻으려고
개펄 매립할 궁리
값비싼 빌딩 지으려고
가난한 달동네 허물어버릴 궁리하지
좀비들 늙어가면서
욕망 잃지 않으려 자리에 연연하며
심한 불안으로 부르르 떠네

욕망의 연결 고리 끝 보이지 않고
더 높은 권력
보다 많은 자본 축적
이 모든 기대와 욕망으로 좀비들
스스로 쌓아 올린
불행 궁전에 갇히네

좀비의 기질과 현황
—좀비에 관한 연구 4

어떤 경우에도
불쌍히 여기는 마음 없지
냉혹한 가슴이니 부끄러움 있을 리 없지
사양하는 마음 답답해
옳고 그른 걸 가릴 줄 아는 눈
불편하고 번거로워
이게 좀비 가져야 할 자격요건
입에선 막말 쏟아지고
제멋대로 내닫는 거칠고 섣부른 행동
세상은 이제 좀비 차지
넋 나간 좀비 지도자 행세하고 있네
두 얼굴 계모는
전처 낳은 아이 굶겨 죽이고
그 아이 생부
계모랑 같이 밤에 몰래 암매장
개 풀어 행인 물게 하고
쓰레기는 안 보이는 곳 버리면 돼
온갖 폐기물
깊은 밤 공터 논밭에다 슬쩍 묻어버려
주차장에선 남이 차 못 대도록

미리 두 칸 차지
가래침은 달리는 차에서
그대로 창문 열고 뱉어버려
내키는 대로 하며 살아가는 풍진세상
정말 편리해 살만 해
남의 이목 따위 나와 무관

좀비의 욕망
—좀비에 관한 연구 5

예전에 인간이었으나
좀비가 된 놈을 나는 아네
그놈은 아직 좀비화가 덜 된 나
제 동족으로 만들려고 무진 애썼지
나 그놈으로부터
인간에 대한 적대감 배웠어
타인에게 조종당하는 삶의 분노 익혔지
위선과 모멸과 이중성 배웠네
아침에 일어나
헬스장에서 근육 키우고
단백질 넉넉히 섭취하며 출근하지만
그놈은 살아있는 시체
좀비는 주변 사람 모두 좀비로 만들고자 하네
그놈은 내가 방심할 때
내 몸과 마음에 상처 남기려 했네
그 상처로 좀비 바이러스 은밀하게 침투하고
난 나도 모르게 좀비에 감염되네
남의 담배 연기 간접 흡연하듯
나 원하든 원치 않든
좀비는 내 속으로 비집고 들어오네

무서워라 좀비여
온 세상 모두가 좀비 가득하면
이제 어디 가서 인간
찾아야 하나

좀비의 꿈
—좀비에 관한 연구 6

저 좀비
곧 다시 태어날 거야
합성 인간으로
영원히 살고 싶은
좀비의 꿈
사이보그*로 훨훨 날아보는 거야
죽음 따위란 없어
육체와 기계가 합쳐져서
칩으로 만들어져
이런 칩만 팔고 있는
전문 상점도 있어
오, 사이보그
좀비보다 더 튼튼하고 강력한
오, 사이보그
낡은 부품 수시로 바꾸지
인공 눈 인공 귀
인공 신장 인공 허파
인공 심장 인공 내장
인공 생식기
못 찾은 건

DNA 도서관 가면 돼

좀비 뇌는

고래 코끼리 호랑이 침팬지

그 장점과 통합되는데

몸의 경계는

과연 어디

* 사이보그Cyborg: 컴퓨터와 인간의 육체를 결합시킨 합성 인간 또는
  인조인간.

좀비의 혈통
—좀비에 관한 연구 7

아버지 고향이
눈보라 치는 북쪽이라면
자식의 원적도 그대로 북쪽입니다
남쪽에서 태어나도
원적은 변함없이 북쪽입니다
좀비도 이와 같습니다
원래 인간의 몸에서 태어났으므로
좀비 혈통은 인간입니다
그의 소행 밉지만
그가 저지른 짓 가증스럽지만
끝내 좀비를 거부할 수 없는 까닭은
바로 그 때문입니다
인간이 좀비 낳았기 때문입니다
지나친 탐욕
범죄 전쟁 독재 제국주의
부조리 부정부패 무절제 환경오염
좀비는 바로
이 모든 것이 빚어낸 사생아
좀비 몸속에
인간의 피가 흐르고 있으므로

우리 손으로 그가 인간성 회복이 되도록
힘 모아야 합니다
언젠가는 언젠가는 좀비가
인간으로 되돌아오리라는 것을
우리는 믿습니다
지구가 살길은 그것입니다

좀비 퇴치법
―좀비에 관한 연구 8

물질의

지나친 풍요가 좀비 만들었어

가치관의 혼란은

인간성 상실로 이어지고

뇌가 죽어버린 인간 모두 좀비 되었지

수많은 사회문제

환경문제 윤리 도덕 문제는

인간성 상실 때문에 벌어진 사태

내면의 감성과 양심

다시 회복하기

마음이 아픈 이웃과의 교류

혼자 빈방에 우두커니 하루 보내는

슬픈 사람 없도록 하기

그리고 시급한 건

내 속의 좀비 끝까지 몰아내기

좀비 침입하지 않도록

우리 주변 철저히 단속하기

자유와 평등

자연으로 돌아가서 살아가기

모든 힘든 일

함께 고민하고 극복해 가기
그 무엇보다
이기적 속물로 빠져들지 않기
풀 죽은 좀비
세상에서 사라질 때까지

좀비를 위한 충고
—좀비에 관한 연구 9

오늘도

각종 불안증으로 힘들어 하는

좀비 가여운 좀비

난 진정 널 돕고 싶어

강박 파도처럼 밀려올 때면

시간 미리 정해 놓고 그 시간만큼은

마음껏 강박적으로 생각하고

그 흐름에 맡겨 버려

혹여 불안한 생각 들더라도

나중으로 미루고 일단은 생각 접어

좀비 가여운 좀비

네 자신의 부족함 인정해 버려

내가 왜 그럴까 왜 그럴까 고민하지 마

강박 폭풍처럼 밀려올 때면

그 생각들 적어둬

좀비 가여운 좀비

그래도 힘들면 노래 크게 불러봐

다른 장면 떠올려 봐

그따위 생각은

지금 나에게 전혀 도움 안 돼

라고 크게 외쳐

좀비 가련한 좀비

마지막엔 마음 편안히 갖고

속으로 10까지 헤며 복식호흡 해봐

좀비의 뿌리와 계보
―좀비에 관한 연구 10

어릴 때 읽었지

우리 고전의 그 흔한 귀신들

이야기 속에서 불쑥 튀어나오던

질병 옮기는 역신

장화홍련 자매의 악질 계모

놀부 마음속 들어앉은 오장칠부

처녀 죽은 손각시에

무당 조상이라 만명 귀신

포악 탐욕으로 똘똘 뭉친 변사또

금오신화의 숱한 여귀들

달걀귀신 몽달귀신

원귀 사랑귀 짐승귀 마마귀

대별왕 바리데기

막막부인에 강림도령 사만이까지

신분 차별 계급 차별에

굶어 죽고 맞아 죽은 귀신

온 마을 돌림병으로 죽은 귀신

한을 품고 죽었던

밀양 아랑각 처녀 귀신

물속에서 다리 끌어당기던 물귀신

낮도깨비 밤도깨비
억울하게 죽어간 원귀 자살귀
그 입가에 흐르던 피
하얀 소복에 얼굴 가린 모발
째려보던 도끼눈
으스스 으스스 온몸에 소름 돋던
아홉 꼬리 구미호
그 후손들 모두 좀비 되었으리
좀비 되었으리

아기 좀비
—좀비에 관한 연구 11

좀비야

아기 좀비야

네 어미 아비는 어디 갔니

널 혼자 버려두고

지금 어디서 무얼 하고 있니

너는 땅바닥에

그림 그리고 있구나

나도 어린 날

빈집에 혼자 있을 때

하얀 도화지에 종일 그림만 그렸단다

네가 땅에 그린 그림은

달과 새와 별과

그리고 그것들이 있는 구름과 하늘

배고픈 네가

빈방에서 혼자 잠들었을 때

네 그림은

아기처럼 칭얼거리며

네 가슴속으로 안겨 들 거야

좀비야 아기 좀비야

너는 네 어미 아비의 길

걸어가지 말아라
네 가슴에 안겨 쌔근쌔근 잠든
달과 새의 길
별과 하늘과 구름의 길로
이쁘게 사뿐사뿐 걸어가거라

좀비의 인간화
—좀비에 관한 연구 12

지구에

많은 바람 불어갔다

오래도록 인간이 지구에 살았으나

이제는 좀비가 인간보다 많다

인간이 좀비에게 억압당하고 산다

모욕 유린 학대로 상처의 날들

단 하루도 편하지 않다

좀비는 이제 지구의 점령자

좀비가 통치하는 식민지 땅에서

그냥 탈 없이 살아가려면

좀비와의 관계에 지혜와 슬기 필요하다

우선 어울리자

좀비가 거칠게 나온다면

고개 숙이고 다가가서 마주 감싸 안자

좀비가 자꾸 수치스럽게 한다면

긴말하지 말고

먼저 마음 열고 소통하자

좀비가 줄곧 모욕하고 멸시한다면

고맙게 여기며 미소 짓자

좀비가 미워한다면

그대로 좀비 사랑해 버리자
과거 한때 인간이었던
좀비가 아주 잊어버리고 있는
사랑과 겸손과 용서 다시 가르쳐주자
더 이상 좀비와 싸우지 말고
높은 도덕적 기준
꾸준한 인내로 그들과 화해하자
좀비의 인간화
그게 지구 평화의 길
인류 멸종에서 벗어나는 길

좀비의 인간성 회복
―좀비에 관한 연구 13

좀비는 오늘도
아침 조깅을 하면서
'남보다 더' '남보다 더'라는
주문 외워대네
오랫동안 길들여져 온 속물적 삶의 버릇은
현실에 스스로 만족하는
삶의 건강한 싹 모질게 잘라버렸네
이게 전형적 좀비의 표상
인간은 예로부터
더불어 공생하며 살아왔지
하지만 초록 속에서의
그 건강하고 생기롭던 공동체 잃어버리면서
인간의 좀비화 급속히 이루어지고
불행 시작되었네
좀비가 인간성 회복하려면
지혜로우면서도 침착한 중도 정신
어떤 양극단에도
치우치지 않는 바른 생각과 행동
잠자는 이성 깨워야 하네
그것만이 살길

제2부

좀비의 고통
—좀비에 관한 연구 14

좀비는
아침부터 몸이 쑤시네
이유 없이 팔다리 마비되는 듯하네
쉴 때도 편안하지 않아
갑자기 나쁜 일 일어날 것 같아 두려워
좀비 갑자기 어지럽고
가슴이 쿵쿵 뛰는 것 느끼네
좀비 몹시 겁먹은 눈으로
주변 두리번거리네
좀비 호흡곤란증 느껴지네
손 가늘게 떨리네
오늘따라 좀비 신경 꽤 날카롭네
좀비 혼자 빈방 서성이며
어쩔 줄 몰라 하네
이러다가 좀비 미쳐버릴 것 같네
내 이러다가
죽는 거 아닌지 불안 가득하네
좀비 얼굴 붉어지고
식은땀까지 흘리네

좀비는 누구인가
—좀비에 관한 연구 15

이목구비에서
피 철철 흘리며 으르렁거리는
저 흉한 좀비는 곧
지금 그대의 또 다른 얼굴

자고 깨면
갖은 세속적 욕망으로
허겁지겁 이미 부른 배를 더 채우려는
그대의 또 다른 꼬락서니

우르르 몰려다니며
씹고 찌르고 할퀴고 물어뜯어
공포의 바이러스 온 세상에 퍼뜨리는
좀비는 다름 아닌 그대 자신

아서라 좀비는
느닷없이 생겨나지 않았다
모두 우리가 인간을 벗어나 살아온 시간의 끝
거기서 생겨난 바퀴 구더기

거울을 보라
자주 거울을 들여다보라
내 얼굴이 혹시 좀비로 바뀌어가는지
살피고 또 살펴볼 일이다

좀비 열전
—좀비에 관한 연구 16

고려에서 태어나
나라 배반하고 몽골 군대
앞잡이 되어 많은 동족을 죽였던
조위 탁청 홍복원 홍다구

조선에서 태어나
왜적의 앞잡이 되어
다수의 동포 무참히 도륙했던
반역자 사화동

일본으로
나라 팔아넘긴 매국노
을사오적 정미칠적
그 소름 끼치는 이름 이름들

독립군 잡던 노덕술
고문 귀신 하판락
친일 고등계 형사 김창룡
고문 기술자 이근안

그 악의 씨앗은

영영 소멸되지 않고

좀비로 다시 살아 우리 속에 있나니

버젓이 당당히 다니나니

환경의 역습
—좀비에 관한 연구 17

사라진 줄 알았던
좀비가 우리 앞에 또 나타났다
살균제 가습기로
살충제 달걀 유전자조작식품으로
성분 모르는 생리대
환경호르몬 핵발전소 미세먼지로
새집증후군 새학교증후군
기형아 조산아로 이어지는 배기가스로
치과 아말감의 수은
자가면역질환
사람을 공격하는 집으로
집 안 공기에 떠돌아다니는 발암물질
쓰레기로 가득한 정크 하우스로
마구 남용한 항생제가
사스 조류인플루엔자의 꼴로
광우병 살모넬라 에이즈 한타바이러스로
이 모든 괴질로
좀비는 우리 앞에 다시 나타났다
우리가 쓰고 버린
폐수 각종 쓰레기 플라스틱이

흙 강 바다로 떠돌다가
그 분노 주체 못하고 되돌아와
인간을 공격하는 땅의 폭동 환경의 역습
온통 좀비의 공격 속에
소멸의 늪으로 빠져들면서도
그걸 모르는 인간

좀비의 사회 정치학
—좀비에 관한 연구 18

좀비는
가상적 존재 아냐
초창기 좀비는 정신지체 모습
여기에 상상력 보태어져
차츰 역하고 끔찍스런 괴물로 바뀌었지
상업적 정치적 야심이
좀비 이런 흉물로 만들었어
죽은 자가 산 자로 둔갑하던 좀비
정치와 종교의
권력까지 한 손에 쥐었네
인간 내부에 자리 잡고 있던 좀비
테러리즘과 결합해
점점 예측할 수 없는 방향으로
급속히 변모해 왔어
영화 업계와 군사 업계는
좀비 앞세워 많은 돈 벌었고
그 매력 포기하지 않지
그들은 우선
좀비 테러리스트 만들었는데
강자에게 늘 당하던

약자들 그들에게 대리만족 얻었어
이 때문에 좀비
앞으로 오랫동안 강자의 꼭두각시로
약자 지배할 거야
그런데 약자는 정작 이걸 몰라
머지않아 좀비
약자에게 대규모 선전포고
해올 것 같아

집단적 좀비화
—좀비에 관한 연구 19

누가 좀비인가

자발적 생각 없는 인간

기억과 의지 착취당한 인간

과대망상 정신분열 분노조절장애

온갖 흉측한 꼴로 좀비는 우리 곁에 머물러 있네

시장에서 백화점에서

광화문 지하도에서 좀비 봤지

내 차 앞으로 마구 끼어들어 경적 울리며

도리어 차창 열고

험상궂은 얼굴로 쌍욕 퍼붓는

못난 좀비 쉽게 만나네

약국에 가면 진열창에 흔하게 전시된

좀비 파우더

겨드랑이가 땀에 젖으면

좀비 파우더 뿌려서 효과 볼 것이야

세상은 이렇게 점점

공동체의 권리와 보호 빼앗기는

사회적 죽음들로 가득하네

약물중독자

전염병 방사능 핵무기

무릇 정치란 같은 시대의 우둔한 주민들
집단적 좀비화로 이끄는 것
사랑과 희망과 행복은
이제 아득한 전설로만 기억되네

좀비의 불안 증상
—좀비에 관한 연구 20

좀비 괴로워하네

좀비 머리 감싸고 신음하네

좀비 양쪽 관자놀이 손가락으로 누르고

양미간 잔뜩 찡그리네

알려지지도 않은 위험

인지되지도 않은 갈등

이것은 심한 불안과 공포

만성적 근심과 긴장으로 이어지네

좀비 증세는

강박장애 범불안장애

분리불안장애 외상 후 스트레스 장애

공황장애 정신후유증 광장공포증 사회공포증

이런 고통에 시달리는

좀비 모발

마치 가느다란 철사처럼 곤두서 있네

뒤얽힌 전깃줄처럼 얼기설기

마구 뒤엉켜 풀 도리 없네

자세히 보니 그 모발

수많은 물음표 느낌표로 가득하고

알 수 없는 부호들

벌레처럼 수북이 쌓여 있네

좀비의 공격성
—좀비에 관한 연구 21

놈들은
나이 직업 가리지 않고
무차별적으로 사람 숨 가쁘게 공격하네
초등학교 그 많은 아이들
좀비로 가득하다면
과연 어찌 될 것인가
학교 이름 좀비 초등학교로 바꿔야겠지
중학교의 그 와글거리는 소년들
좀비로 가득하다면
과연 어찌 될 것인가
학교 이름 좀비 중학교로 바꿔야겠지
가뜩이나 제도권 교육의 부담으로
수심에 가득 찬 고등학교
좀비로 가득하다면
세상은 어찌 될 것인가
학교 이름 좀비 고등학교로 바꿔야겠지
아파트의 내 옆집
윗집 아래층 이웃이 좀비라면
주민들은 과연 어떻게 살아갈 것인가
아파트 이름도
좀비 아파트로 바꿔야겠지

좀비 퍼포먼스
—좀비에 관한 연구 22

서울의

석촌 호수에 밤이 오면

이곳 잠실 일대는 좀비들 나라

좀비의 국기 게양식은

밤에만 열리네

가까운 지하철 광장은

인간 겨냥한 좀비 떼의 공격

인간에게 좀비 바이러스 강제로 주사하려는

좀비들의 광란 현장

괜히 행인 잡아

물고 할퀴고 주사 찌르는 좀비들

여기저기서 들리는 비명

고통스런 신음 소리

한 좀비 다가와 애걸하네

당신의 뇌 한 조각만 주세요

핏빛 조명 섬뜩하게 껌뻑이는데

길가의 식당 좌판에는

좀비들 좋아하는 기호식품들

피범벅 짜장면

눈알 탕수육

좀비들 입술 피 묻힌 채
게걸스럽게 먹어치우네
모두들 좀비 복장으로 퍼레이드 펼치는
좀비 퍼포먼스

좀비 체조
―좀비에 관한 연구 23

우리 함께

좀비 체조 해봐

우선 배부터 힘주고

머리에서 목 허리까지는 일직선

어깨와 발가락엔

힘 빼

발꿈치 들어 발끝으로 사뿐

제자리걸음

비틀거리는 좀비처럼 어깨 늘어뜨리고

앞뒤로 흐물흐물

두 무릎 직각으로 세우고

팔은 쭉 뻗어 크게 흔들며 제자리걸음

시선은 배꼽으로

온몸은 좀비처럼 흐물흐물

컴퓨터 앞에 앉아서도

전신에 맥 풀고

흐물흐물

이 동작 24시간 줄기차게 무한 반복

그러다 보면 내 모든 게

좀비처럼 흐물흐물

부기 빠지고

면역력 강화되고

동맥경화 만성 스트레스도 없고

혈관 튼튼해지는

갖춘 좀비 되지

좀비의 사랑법
— 좀비에 관한 연구 24

오래 못 본
그리움 담은 긴 편지
어스름 달밤
방앗간에서 숨죽이며 만나
은밀히 나누던 사랑
만나선 먼저 얼굴부터 보고
눈빛 마주치며 품에 와락 껴안으며
뺨 비비던 격정의 사랑은
어딜 갔나
그건 부모님의 변색된 러브레터 속에만
실루엣으로 남아있지
왜 그토록
사랑 느릿느릿 했을까
우리는 달라
감정의 기호 담은 문자와 이모티콘
총알처럼 날리며
다음 날 커피숍에서 만나
늘 해온 포옹과 뽀뽀 잠시 하는 척하며
한 팔로는 그의 허리 안은 채
어깨 너머론

줄곧 스마트폰만 보지
둘의 추억은 마음보다 사진이 좋으니
다정하게 붙어 앉아 연신
셀카봉으로 담지
아날로그 시대의 사랑법 아휴
너무 낡고 갑갑해
가슴속 몰래 감춘 이야기로는 불편해
속전속결로 쏟아내고 말 거야
주저와 눈치 보기란
전혀 없어

좀비 시대의 슬픔
―좀비에 관한 연구 25

출퇴근 시간 지하철
한가득 짐짝처럼 이리저리 흔들리며
어디론가 실려가는 무표정 좀비

더 좋은 옷
명품 가방 더 좋은 자동차
고급 아파트 욕심으로 눈에 핏발 선 가련 좀비

대기업 이익 위해
광고에 눈과 뇌 모두 빼앗기고
오로지 소비 도구로 살아가는 좀비 대중

아파트 외벽에 매달린 노동자
그가 틀어놓은 라디오 음악 시끄럽다며
커터 칼로 줄 끊는 황당 좀비

돈 뺏으려
밤길 으슥한 곳 숨었다가
돌연 납치도 하고 살해도 하는 엽기 좀비

1.5평 고시원
닭장 독방 교도소에서
오늘 밤도 수면제 삼켜야 잠드는 청년 좀비

인공 자궁에
착상된 채 숨 팔딱이며
어미 사랑 모르고 자라는 태아 좀비

제 속으로 낳은 아기
밤새 칭얼거리며 울어댄다고
목 졸라 죽인 엄마 좀비

지배 집단 노예로
광주 시민 마구 죽이고
암매장까지 저질렀던 군바리 좀비

고요와 집중력 상실
고전적 책 읽기와 쓰기 모두 잃어버린
좀비 시대의 슬픔

좀비 나라
―좀비에 관한 연구 26

어둠 무서워

저 어둠 속에 좀비 숨어있어

얘야 좀비 따위 없단다

좀비는 오로지 서양 것이지

백석 시에 나오는

우리 귀신 정겹고 익숙해

집터 성주님

부뚜막엔 조왕님

고방의 제석님 토방의 지운 귀신

굴뚝의 굴통 귀신 이엉에는 철롱 귀신

대문간엔 수문장 귀신

방앗간에는 연자당 귀신

발뒤축엔 달걀귀신*

그 귀신 무서워

어릴 적엔 밤 변소 갈 때

꼭 누나 깨워 촛불 들고 갔지

하지만 이젠

우리 귀신 모조리 모조리 쫓겨나고

서양 좀비들만 설치지

좀비 타운

좀비 어택

좀비 하우스

좀비 퍼레이드

좀비 플래시 몹**

세상은 온통

좀비 가득한 나라

* 달걀귀신: 백석 시인의 작품 「마을은 맨천 구신이 돼서」에 등장하는
  귀신 이름을 참조함.

** 플래시 몹flash mob: 인터넷을 매개로 만난 사람들끼리 이메일이나
  휴대전화를 통해 사전에 공지된 지령에 따라 정해진 시간과 장소에
  모여서 주어진 행동을 하고 곧바로 흩어지는 행위. 특정 웹사이트
  에 갑자기 사람들이 몰리는 현상을 뜻하는 플래시 크라우드flash
  crowd와 동일한 생각을 가지고 행동하는 집단인 스마트 몹smart
  mob이 합쳐진 말이다. 2003년 미국 뉴욕에서 처음 시작된 것으로
  알려져 있다. 활동은 정지 동작, 춤, 퍼포먼스, 음악 연주 등 다양
  한 방식으로 행해진다.

좀비 동상
―좀비에 관한 연구 27

1909년

나라가 망하기 한 해 전

순종은 이등 통감 시키는 대로

화려한 궁정 열차 타고

대구를 거쳐 부산 마산까지 다녀왔네

그게 남순행南巡幸

대구역에 내린 순종은

가마 타고 하얀 모래 길 따라

달성공원까지 가서

황대신궁 요배전*에 허리 숙여 큰절했네

오, 깜놀 깜놀

대구의 매국노 박중양

대구 주둔 일본군 헌병대장 경찰서장

이런 좀비 만나 격려하고

돌아오는 길에 다시 들러서

대구 권번 기생 연회 즐기고 갔네

일본은 강대한 보호국이니

반대하거나 저항할 생각 갖지 말고

그들 믿고 따르는 것이

신민의 책무라 했네

그런데 이따위 치욕의 왕 순종 동상
엄청난 혈세 쏟아
달성공원 앞에 세웠네
모두 뇌가 없는 대구 좀비들
서둘러 이룩한 짓
그 치욕스런 행각 길이길이
역사에 전해지리

* 황대신궁 요배전皇大神宮 遙拜殿: 1906년 대구에 거주하던 일본거류 민회에서 그들의 왕 메이지(明治)의 천장절天長節, 즉 생일 기념으로 달성공원에 지은 신사神社. 이곳에 일본 건국신화에 나오는 최고의 신 아마테라스 오미카미(天照大神)의 위패를 설치하였다.

제3부

좀비의 여러 부류
―좀비에 관한 연구 28

좀비가

어제 위장 전입했어

남이 만든 아이디어 훔쳐서

카피하고 자기 것인 양 팔아먹는 좀비

모든 것 빼앗아가는

기업 좀비

남이야 죽건 말건

나만 성공하면 장땡이라 외치는 좀비

불평등이라는 유령으로

자살 우울증 저출산 과잉 경쟁

입시 경쟁 성형 중독

학벌 미모 사치품 숭배에 빠져드는 좀비들

금수저 좀비 흙수저 좀비

고속 성장에도 지치고 싫어졌어

줄타기 사다리 타기

온갖 기회에 탐욕스럽고 날랜 좀비

오로지 덧없는 것에만

쏠려있는 좀비

이 척박한 세상살이에서

무엇이 가장 고귀한 삶인가

벌집 속의 좀비
—좀비에 관한 연구 29

여기
똑같은 크기의
비좁은 육각형 벌집 있다네
좀비들 빌딩이라 부르는
그 벌집 하나하나에는
컴퓨터 앞에 앉아
모니터 바라보는 좀비들 있지
지금이 밤인지 낮인지도 모르고
오직 컴에만 열중하네
기계 같기도 하고
인형 같기도 하네
누군가 일시에 그들 조종하는 듯
불만 반항 자유도 모르고
그냥 그대로 살아가네
벌집 벗어나면 바로 넓은 세상이지만
그들은 갇혀서야 편안하네
새장에 길들여진 새
결코 새장 밖 세계에 적응 못 하지
앗, 한 좀비 나갔다가
곧 벌집으로 되돌아오네

벌집만큼 편하고 안전한 공간
이 세상에 없지

스몸비*
—좀비에 관한 연구 30

저기 횡단보도에

좀비 걸어가네 거북처럼

쭉 빠진 일자목으로

지금 스마트폰 보느라 정신없네

흘러간 날

공포영화에서 보았던 넋 나간 시체의

느릿느릿한 걸음걸이

신호가 빨간불 바뀐 줄도 모르고

폰만 보며 걸어가네

보도블록 턱에 걸려 넘어지는

얼빠진 놈

다른 보행자와 부딪치는 놈

알고 보니 부딪친 그놈도 폰 보고 있었네

폰 보다가

공사 중인 맨홀에 떨어져 죽은 놈

호숫가 낭떠러지에서

실족으로 강물에 빠져 죽은 놈

운전 중에도 줄곧 폰에 빠져있는 한심한 놈

독사와 모기 맹견

교통사고보다 더 무서운 스마트폰

흉기에 깊이 빠진 채
세상의 스마트폰 좀비들
스몸비 되었네

---

* 스몸비smombie: 스마트폰smart phone과 좀비zombie가 합쳐진 신
  조어. 스마트폰에 중독되어 살아가는 자를 일컬어 스몸비족族이라
  고도 한다.

디지털 좀비
―좀비에 관한 연구 31

그는 밤에 잠들지 않네
그렇다고 낮잠조차도 전혀 없어
고질적 불면에 빠진
그는 컴퓨터에 중독된 디지털 좀비
오로지 컴과 소통할 뿐
외부 세계와는 완전한 단절
값어치 없는 정치적 이슈에 항시 몰려다니며
인터넷 공간에서
오늘 밤도 댓글 공격 궁리하네
우주가 잠들어 있는
새벽 1시에서 3시 사이
놈들은 들개처럼 우르르 몰려다니네
뇌가 없고
무한 증식으로 세력 확장해 가네
온라인에서 놈들
용감하고도 거침없는 전사
오프라인에서는
전혀 맥 못 추는 무기력한 맹추
놈들은 한때 인간이었으나
이제는 인간성 잃고

본명 뒤에 몰래 숨어서 가면 쓰고

인간 사냥하러 다니네

보수와 진보의 뒤숭숭한 대립과 갈등 속에서

놈들은 좌좀 우좀의 흉한 꼴로

특정 지역이나 인물 조롱하고 비판하네

댓글 폭탄 댓글 도배

놈들이 가장 즐기는 단골 수법

인터넷 세상 자기 뜻대로 장악하고

여론까지 왜곡시켜 가네

지하철 좀비
―좀비에 관한 연구 32

갈수록

엄청난 정보 넘쳐나는데

좀비들은 책 전혀 읽지 않네

지하철에는

기가 막히는 무음들

고요해 고요해 고요해

모두들 귀엔 이어폰 꽂은 채

스마트폰만 골똘히 골똘히 들여다보는 좀비

그것이 바로 우리의 현실

문명적 치매된 현대인의 가련한 꼬락서니

갈수록 감정 조절 되지 않고

인터넷 기사엔

더럽고 흉측한 욕지거리

진정한 비판과 진보 이미 사라진 지 오래

누가 이 시대에

희망과 행복 이야기하나

모두들 내부 조절 장치 망가진

험상궂은 얼굴로

폭력에 친숙하게 길들여진 좀비 무리

열차에서 내렸지만

폰만 보며 몰려 나가는 좀비 떼
청각은 죽었고
메마른 시각만 남았네

몰카 좀비
—좀비에 관한 연구 33

좀비는

남이 눈치 못 채는

특수 장비 가졌지, 몰카

시계 안경 모자

보온병 운동화 볼펜 다이어리

USB 넥타이 자동차 키

기묘하게 은밀하게

남이 절대 알아채지 못하도록

좀비는 제 눈알 뽑아

몰카에 박고

단골 작업장인 지하철로 가네

붐비는 지하철

일단 두리번거리며 먹잇감 탐색하면

선 채로 밀착해서 부비부비

주로 젊은 여자에게 다가가 부비부비

빈자리 생기면

폰 게임하는 척 맞은편 자리의

졸고 있는 미스, 열린 다리 사이 몰카 찍네

다리 사이에 뭐가 있나

좀비 찍으려는 게 대체 뭐지

그마저 싫어지면
지하철 에스컬레이터에서
새 목표물 찾지, 초미니스커트
바싹 붙어 기발한 방법으로
남 눈치 못 채도록
찍고 찍고 찍고 또 찍네
세상은 왜 이다지도 찍을 게 많지
오늘도 좀비 바쁘네
그를 노리는 사복경찰 눈 피해 가며
정글 이동하는 한 마리 맹수

드롬비*
—좀비에 관한 연구 34

지난 7월

50대 부부 사망하고

16명 다친 경부고속도로

7중 추돌사고

넷이 숨지고 37명 다친

영동고속도로 5중 추돌사고 모두

졸면서 운전하던

드롬비가 저지른 일

추돌 직전까지

드롬비 완전 무의식 상태

깜빡 졸다가

고개 떨군 한순간

속도 전혀 줄이지 못한 채 그대로

폭주하며 앞차에 쾅

또는 차선 넘어 마주 오던 차와 쾅

전날 폭음했고

간밤에 잠도 설친 데다

무더위에 체력 떨어지고

장시간 운전

차 안에 냉방까지 오래 틀어 산소부족

좀 더 서둘러 도착해야 해
못난 드롬비
애매한 사람 다 죽이고
제 혼자만 좀비로 살아남았네

* 드롬비drombie: 운전자(driver)와 좀비zombie가 합쳐져서 만들어진
  신조어.

부축빼기 좀비
―좀비에 관한 연구 35

온몸

가누지 못할 정도로

마시지 마

만약 당신이 비틀거리거나

길바닥에 길게 쓰러져 누워있는 동안

지나는 차들도 무섭지만

다가오는 좀비 더 무서워

놈은 가다가

뒤돌아서서 당신에게 다가오지

먼저 주변 살핀 뒤

당신에게 정신 차리세요 라고 말해

반응 없으면 재빨리 몸 더듬어

지갑 반지 금목걸이

스마트폰 훔쳐 달아나지

그보다 더 무서운 건

당신에게 조금 남은 양심과 정의

사랑과 연민까지도

사정없이 훔쳐 가버리지

이런 놈 부축빼기 좀비라 불러

밤길에는

이런 흉측한 좀비들 많지
주변엔 행인들 다니지만
서로 친구인 줄 알고
그냥 무심히 지나쳐 가지
안심하고 다닐 수 없는
참 무섭고 두려운 세상이야
모든 것 잃어버린 그대
곧 좀비 되지

어둠 속 좀비
—좀비에 관한 연구 36

술 취해

비틀거리는 여인

줄곧 핸드폰으로 누군가와

통화하는 여인

이어폰 귀에 꽂고

어슬렁거리며 걸어가는 여인

오호, 그들은

걸어 다니는 신선한 먹거리

도시 어둠에 숨은 좀비

그들 기다리네

으슥한 골목

한 여인 전봇대 옆 걸어가네

돌연 맹수처럼 튀어나온

검은 좀비

여인의 입 틀어막고 허리 감은 채

옆 쪽문으로 들어가네

입과 몸 순식간에

청 테이프 칭칭

좀비 잠시 밖으로 나간 틈에

여인 황급히 신고하네

112 담당 경찰은
바보 맹추 등신 얼간이
자꾸만 자꾸만 정확한 주소 말하래
화난 좀비 들어와
기어이 스패너로 일 저질렀네
너무 참혹해
그 다음 말 못 하네

일진* 좀비
—좀비에 관한 연구 37

학교에서

좀 잘나간다는 일진

강한 척 센 척하는 일진

다른 학생들이 두려워하는 일진

그래서 멋있어 보이기도 한다는 일진

놈들의 상투적 방법은

욕하기 괴롭히기

심부름시키기 삥 뜯기

시비 걸기 싸움 걸기 때리기

이 가련 좀비

나중에 졸업한 뒤의 꼴이란

조폭 빚쟁이

주정뱅이 마약중독자

비뚤고 못된 행동을 할 때

다른 사람이 겁먹고 두려워하는 걸

즐기던 비겁 좀비

그 녀석은

어릴 때부터 맞고 자랐고

애정결핍에 정서불안

양심과 뇌기능까지 손상된 아이들

집에서 받은 분노 스트레스 학교에서 풀다가

졸업 후 어둠 속에 숨어서

못난 좀비 되지

* 일진: 싸움을 잘하는 아이. 또는 그런 아이들로 구성된 학교 내 집
  단을 가리키는 말.

펑치기 좀비
—좀비에 관한 연구 38

우린 가출한 10대
서울 동대문구 쇼핑몰 부근에서
브레이크 댄스 추는 비보이 팀 결성했지
힙합 중간에 비트 나오면
거기에 맞춰 미친 듯 춤을 추지
하지만 비보잉 씬은 철 지난 춤
저물 무렵
행인들 잠시 보다간 곧 떠나버려
그래도 우리는 우리끼리 어울려 미친 듯
야수처럼 췄어
서있는 상태에서
비트에 맞춰 스텝 밟는 탑락
맨땅에 손바닥 대고 스텝 밟는 다운락
원심력을 이용하는 격렬한 파워무브*
순간적으로 멈추는 프리즈
저녁마다 이런 댄스 배틀 열리면
좋았어, 가끔 예쁜 비걸도 같이 추고 갔어
패션 디자인 맞추고
문신하려면 돈 필요했지
낮에는 춤 연습

저녁에는 쇼핑몰 부근에서 댄스 배틀
밤부터 새벽까지는
돈 털었지, 취객들 상대로 쉽게
각목 망치 벽돌
야구방망이가 우리들 최상의 도구
퍽치기로 많은 돈 모았어
하지만 지금은 감옥

* 탑락, 다운락, 파워무브: 비보잉 씬의 여러 스텝 방식들.

성폭행 좀비
—좀비에 관한 연구 39

두려워하지 마

주사 한 방이면 돼

몰카범 강도강간 미수범

아동청소년 강간치상

성폭행 좀비란 말 창피하잖아

사이프로테론

메드록시프로게스테론

데포 프로베라

그냥 주사 한 방이면 끝나

너무 걱정 마

네 몸속 테스토스테론

잠시 억제된대

성적 충동과 환상 모두 사라진대

부작용 따위 별로 없대

두통과 우울증

잠시 나타날 수 있대

여자처럼 젖가슴 불룩해진대

이거 맞으면

여자 생각 씻은 듯 사라져

고환 제거보단 화학적 거세 더 좋아

신상 공개 야간 출입 통제
전자발찌는 번거롭고 짜증나
그냥 주사 맞고
감방에서 묶인 개처럼
잠시 지내봐

기레기* 좀비
—좀비에 관한 연구 40

줄지어 가을 하늘

날아가는 기러기 아냐

각종 저널리즘 매스미디어

보수언론 진보언론 가리지 않고

온라인 뉴스 종편 화면 가득 채우며

수도 없이 널브러져 있는

좀비 기자들

허위 사실 부풀리고 과장된 기사

특정 언론사 조회수만

높이려는 잔꾀

텅 빈 내용이라도

제목만 우선 짜릿하고 자극적이면 돼

독자 시청자 놈들 눈길만 끌어

원시적 본능 선정주의적 경향은 더 즐기세요

정권 치부는 우리가 가려줘야 해

집권자에 불리한 기사는

적당한 물 타기로 가려주면 돼

짜깁기 베껴 쓰기

모든 너절하고 시시콜콜한 기사는

우리들 단골 메뉴

성추행 겹치기 인터뷰

인터넷 게시판과 커뮤니티 잡문들도

올리면 무조건 단독보도

특종 아니면서도 버젓이 특종

저문 밤 어둠 속에서 옷소매 잡으며

추근거리며 호객하는 은근짜

아주 먼 곳으로 훨훨 날려 보내야 할

시대의 병폐 기자 쓰레기

• 기레기: 언론 불신에 근거해서 생겨난 신조어로 기자와 쓰레기를 합
  친 말.

국회 좀비
─좀비에 관한 연구 41

쓰레기

폐지 부엌 구정물

폐비닐 폐플라스틱 폐기 냉장고

폐차 폐타이어

악취 풍기고

쉬파리 끓어 불쾌 불결한 것들

보는 사람으로 하여금

화나게 짜증 돋게 하는 것들

땅에 묻어도 썩지 않고

많은 사람에게 삶의 의욕 꺾어버리는

얍삽한 쥐알봉수들

이런 게 뻔뻔스레 세비 받아 챙기고

보좌관 여럿 거느리고

국민대표 자처하며

금배지 달고 거드름 피우고

각종 특혜란 특혜 저희끼리 독점한 채

날이면 날마다 날치기 패싸움질

회의장에서 폰 들여다보다가

그도 심심해 졸고 있네

저 멀리 어느 나라는

제 구실 못하는 이것들 끌고 와
쓰레기통에 거꾸로 처박는다 하는데
왜 우리는 이것들
그대로 방치하고 있는가
이 천하의 개망나니 폐기물 좀비들
속 시원한 처리 방법
누가 알려 줘

비트코인* 좀비
—좀비에 관한 연구 42

가상화폐라고

들어보셨나 짜릿해

인터넷 전용 사이트에서 베팅하면

원금 몇 배로 불어나지

한순간 알거지 될 수도 있으니 조심

베팅하면 느낌 오는데

꼭 오를 거 같아

위험하면 후다닥 튀어야 하는데

매번 그걸 못 해 물려

잠시도 한눈팔면 안 돼

잠꼬대도 비트코인 내용으로 중얼중얼

꿈도 오직 가상화폐

강의실에서도 노트북에 앱 깔고

시장 차트에만 눈 박고 있는

넋 나간 대학생

스마트폰으로 장세 확인하고

퇴근길 지하철에서도 비트코인 토론하는

샐러리맨 좀비들

시장은 종일 급등락 반복이니

타이밍 놓치면 안 돼

밥 먹을 때 외엔 오로지 트레이딩

눈앞은 핑핑 어질어질

늘 세력들에게

당하면서도 또 트레이딩

원금 복구하려다 다시 꽉 물렸는데

그래도 흙수저 벗어난다며

온 생애 저당 잡히고 도박에 올인하는

중독 좀비 폐인 좀비

그 좀비 들개처럼 몰려다니는

아비규환 시대

* 비트코인bitcoin: 온라인 가상화폐. 일종의 디지털 통화로서 발행과
관리의 중앙 장치가 따로 없다. 거래는 P2P 기반 분산 데이터베이
스로 이루어지며, 공개 키 암호 방식으로 거래가 이루어진다. 익명
성과 공개성이 있는데, 대개 지갑 파일의 형태로 저장된다. 이 지갑
에는 각각 고유한 주소가 부여되며, 그 주소를 기반으로 상호 거래
가 이루어진다. 최근 이 비트코인을 악용하는 사기와 도박의 성행
으로 여러 사회적 문제가 발생되고 있다.

기업과 회사의 좀비
— 좀비에 관한 연구 43

검은 공간은
좀비가 웅크린 곳
그들은 어둠 속에 숨어있다가
돌연 출몰해서 동료들
깨물어대네
물린 동료들 바이러스에 감염되어
다 같은 좀비 대열에 끼네
주로 생산성 업무 전문성 없는 녀석들
일찌감치 좀비로 빈둥거리네
상사에겐 자존심 버리고
오로지 아부로 일관
부하들에겐 이빨 드러내고
무섭게 물어뜯네
비난과 이간질 왕따시키기
자신의 모든 일 부하에게 떠넘기고
부하가 이룩한 성과
회의장에서 자기 성과로 자랑하네
그건 좀비들
상투적 생존 전략
줄곧 공격당하던 부하는

의욕과 자긍심 자발성마저 빼앗기고

그들 마침내 좀비가 되네

사기꾼 좀비
—좀비에 관한 연구 44

잘생기고

목소리도 좋은데

그는 알고 보면 전형적 좀비

남들에게 자신이

얼마나 가련한지 슬픈 표정 짓네

찾으면 언제나 숨어있다가도

제 필요할 때면 먼저 득달같이 나타나지

그게 너무 신기하고 이상해

극존칭 극환대가

몹시 불편하고 호들갑스러워

염치 모르지만 눈치는 백 단이라네

유명인과 친하다며 뻐기는데

대화 중 자주 폰 울리고

통화 끝나면 유명인 누구라고 과시해

하는 일 뚜렷하지 않지만

항시 바쁘다고 설레발

그가 내뱉는 허세와 호언장담

어떤 구체성도 없다네

늘 두리뭉실하면서

걸핏하면 감정에 호소하는 버릇

이 세상에 너뿐이야

유난히 수다스럽게 쏟아내는

낯간지러운 말

구변 좋고 솔깃한 언사 늘어놓지만

나중에 보면 뜬구름 잡기

수시로 언행 바뀌고 일관성 없는

저 사기꾼 좀비

병원 좀비
—좀비에 관한 연구 45

아무리

출산장려정책 한다지만

우리 병원 그게 반갑지 않아

숙련된 간호사들 동시 임신하는 게

가장 두려워

출산휴가로 생기는 업무 공백

이 네 글자

우리 경영자로선 가장 두려워

어느 날 병원 좀비들

지시 내렸어

함부로 임신하지 마

부임 순으로 차례 정해 둬야 해

업무 공백은 최대한 방지

새로 대체인력 쓰지만

효율성 떨어지고 병원 수익 떨어지네

이런 통제 꼭 필요해

개인보다 전체 더 중요하잖아

병원은 여러분 것

불편하더라도 제발 참아줘

인권 존엄성 따위 자꾸 거론하지 마

그건 병원 발전 이후의 문제

축사의 소와 말 일련번호로 관리하듯

임신에도 순번 필요해

그 순번대로 임신해

제발 제발

분단 좀비
—좀비에 관한 연구 46

저놈의 분단
우릴 좀비로 만들고 있네
통일되면 필요 없는
막대한 안보비 군사비 외교비
가뜩이나 쪼들리는 살림
이 때문에 모든 게 거덜 나네
오랜 반목 대립으로 긴장은 높아가고
군비경쟁 어찌 이리 치열한가
정치적 악용 요행주의
재산 도피 과잉 수요는 모두
분단 때문에 생겨난 악습
시장 질서와 가격 기구까지 압박하네
소득분배 늘 불공정하고
소비 패턴 또 왜곡
시장 수급과 물가는 항시 치솟거나 불안정
하루도 쉬지 않는 전쟁 위협
이산가족 피눈물 여전히 흐르는데
좀비 생각 점점 경직되고
칼 같은 군사문화 날개 달고 훨훨
분단 때문에 너와 나

적대의식 가지고 배제 갈등

대립 투쟁하는 중

냉소 기회주의 적개심은 이 시대의 기본

이토록 처절 참담한 위기 속에서도

통일 지연 통일 불가 외치는

넋 나간 좀비

찌질이 좀비
—좀비에 관한 연구 47

저 좀비 길 나섰네
태극기 성조기 흔들며 길 나섰네
색안경 쓰고 뭐라 떠들지만
그 논리 근거 황당무계

저 좀비 행진하네
무조건 우기며 생떼만 쓰네
말 같지 않은 플래카드 높이 들고
귀 틀어막은 채 소리 질러대네

저 좀비 달려가네
자동차들 멈춘 채 길 막혀 있네
입성과 행색 번듯하지만
사람 꼴 아니네

저 좀비 소리치네
남의 공로 훔쳐 제 것으로 바꿔치기
제 잘못 남 탓으로 돌리기
줄곧 시치미 따기 전문

저 좀비 시위하네

밤중이면 가짜 뉴스 악성 댓글이나 퍼뜨리는

기자 리플러 평론가 마케터

대중들 자꾸만 속네

인공지능* 좀비
—좀비에 관한 연구 48

날마다

뇌가 줄어드는 걸 알게 된

인간은 뇌 있던 자리에

인공지능 심었네

이로부터 생각과 고안 사라진 좀비

기계라는 인공지능에게

끌려가네 질질

마음 전혀 통하지 않고

입력된 대로만 움직이는 인공지능

이제 좀비는

기계 뜻에 따라 움직이고 살아가네

정계로 진출한 로봇

로봇이 구성한 정부가

그들끼리 국정을 보살피네

지구의 모든 움직이는 과거 생명체

아주 없애고 거기

좀비 제국 건설되네

인공지능보다 앞서려는 좀비 불온해

절대 허용될 수 없고

끝까지 찾아서 제거해야 해

인간과 맞대결하던
알파고 시대는 아득한 옛 설화
우둔한 좀비보다
몇 배나 영리한 드론, 오 드론
종일토록 좀비 장악하고 감시하네
한때 친구이자 라이벌이었고
빛과 그늘 함께 지닌
인공지능 좀비 앞에서
더욱 가련한 좀비

* 인공지능(Artificial Intelligence): 기계로 만들어진 지능. 사고나 학습 등
  인간의 지적 능력을 컴퓨터로 구현하는 기술을 일컫는 말.

박카스 아줌마
— 좀비에 관한 연구 49

종로 3가에

땅거미 짙어오면

종묘공원 화장실 옆

골목 이쪽에서 저쪽 끝까지

한 손에 손가방 들고 혼자 서성이는

좀비 여인

예순도 훨씬 넘고

여든 넘긴 노파까지도

곱게 화장하고 입술엔 루주 바르고

이리저리 다니며 호객하는

박카스 아줌마

눈도 시리고 팔다리도 저리고

위염에 당뇨에 약을 달고 겨우 살지만

나 진짜 삶이 급해 돈이 급해

아픈 몸 이끌고

마을버스로 지하철로

출근하듯 나와서 늙은 몸 팔지요

수십 년 세월에

박카스 아줌마는 이제 박카스 할머니

출구도 없는 곳에서

늘 휘몰리며 쫓겨 다니는 신세
오늘도 경찰 단속반 눈 피해 다니며
인생 막장 헤매고 있는
박카스 아줌마

올빼미 아줌마
―좀비에 관한 연구 50

날 저무는 종묘공원
할아버지 한 분 앉아있네
집에 간들 기다리는 누가 있나
마누라 자식들 다 떠나고
이렇게 혼자 지낸 지 벌써 오래인데
요즘 새 낙이라곤
올빼미 아줌마 만나는 일
어둑어둑한 저녁 시간
짙은 화장에 눈에 띄는 스카프
몸매 드러나는 원피스로
노인들 앞에 나타나 방긋 미소 짓는
올빼미 여인들
심심한 노인들 손짓하면 가서 말벗하고
제 스스로 먼저 다가가기도 하고
서로 죽이 맞으면
다방 식당 포장마차가
둘만의 사귐터
노인들 말에 귀 기울이고
자주 맞장구도 쳐주고
웃기도 하고 샐쭉 토라지기도 하는

귀여운 올빼미들
종일 심심했던 영감님들
올빼미와 도란도란 이야기 나누네
그 재미에 폭 빠졌네
헤어질 땐 작별이 아쉽다고
돈도 몇 푼 쥐어주고
싸구려 반지 목걸이도 하나 사주네
박카스 떠난 자리에
올빼미 떴네

좀비 여인
—좀비에 관한 연구 51

지하철 속

빨간 루주 바르고

긴 인조 눈썹 붙인 여인이

고개 젖히고 잔다

이른 아침인데 저리도 피곤

코도 턱도 머리칼도 모두 잠들었다

어깨도 다리도 구두도

따라 잠들었다

지하철 덜컹대지만 그냥 잔다

모르는 옆 사람 어깨에 머리가 얹힌다

얼른 보면 다정한 연인 같다

그렇게 몇 정거장 지나고

얼마를 갔을까

양말 파는 행상이 지나다

손수레로 건드려 그만 눈 부시시 뜬다

코도 턱도 루주도 눈썹도

머리칼도 어깨도 다리도 구두도

덩달아 눈 뜨고 두리번

마지막엔 손도 잠 깨었는데

엿가락처럼 희고 고운 손가락은

눈 뜨자마자 곧장

액정 화면 위에서 톡톡

스마트폰 검색 자세로 자리를 잡는다

손끝마다 덧씌워 접착제 붙인

핑크빛 인조 손톱

분주하다

악덕 좀비
―좀비에 관한 연구 52

오래된 어묵

유통기한 한참 지난

누렇고 미끌미끌한 어묵

그대로는 전혀 먹지 못하는 쓰레기

썩은 바다 냄새나는 폐기물

시궁창 냄새나는 흉물

하지만 그냥 버리긴 아까워

잘 궁리하면 돈 되는데 왜 버려

이걸 새것과 함께 갈아 분량 늘리면 돼

밤새도록 갈아서 둔갑시키면 돼

전혀 걱정하지 말아요

먹고 죽진 않아

이걸 군부대로 납품하면 감쪽같지

팔다가 남은 재고품

이렇게 슬쩍 처리하면 돼

무얼 고민하지

이 방식으로 이익 챙겨온

악덕 좀비 검찰에 구속되었다

사장과 갈등 생긴

부하 직원이 앙심 품고

낱낱이 사진 찍어 고발했기 때문
지난 십 년 동안
썩은 어묵 먹었던 우리 사병들
그 피해는 어쩌나
쓰레기 먹고 나라 지킨
우리 사병들 피해는 어쩌나

대구 좀비
―좀비에 관한 연구 53

대구 북성로
역전 해방골목은 옛날 이름
날 저물어
이곳 부근 걸으면
어김없이 따라붙는 여인들 있었네
1950년대 소년 시절
대구역 부근은 고아 거지
깡패 깍쟁이 소매치기 부랑자들
한쪽 손 쇠갈퀴 붙인 상이군인에다
실성한 좀비들 넘쳐나던 곳
두 번 가기 겁나던 곳
식민지풍 낡고
허름하고 우중충한 건물들
가파른 세월 속에
대부분 다 무너지고 풍경 바뀌었지만
그래도 고립된 섬처럼
몇 군데 남아있는 여인숙 간판
왜정 때 소금 창고는
고풍한 분위기의 찻집 공연장으로 바뀌고
근대골목 표지가 붙은

북성로 옛 일본인 거리 걷노라면

무덤 같은 여인숙 앞

그늘에 숨어 여전히 호객하는 늙은 창녀들

베트남 파키스탄에서 온

젊은 좀비들

불빛 흐린 여인숙으로 들어가는

흑백사진 보이네

왕따* 좀비
—좀비에 관한 연구 54

아이가 요즘

학교 가기 싫다며 찡그려

전학 떼쓰다가

오늘은 죽고 싶다는 말까지 했어

짜증 신경질로 가득해

학교 친구들 물으면

얼버무리거나 입 꼭 다물어버려

이게 무엇 때문인지 알아

특정 아이

무리에서 떼어내 고립시키는

못된 왕따 불링 이지메

생각만 해도 무섭고 치 떨려

둘 이상 집단 이루어

특정인 자꾸자꾸 소외시키지

인격적 무시 언어적 신체적 유린과 폭력

이게 놈들의 방법

가해자들 아무 죄의식 없고

당한 아이 책임이라 도리어 항변해

이 어린 좀비

모두 어른 좀비가 만들었어

오랜 분단과 반민주가 좀비 만들었어

집따 반따 은따 찐따

카따 공따 전따 직따 장따**

이건 좀비 나라의 요상한 말

가장 얄미운 좀비

왕따로 빠지지

---

* 왕따: 집단 따돌림의 대명사로 쓰이는 말로 불링bulling, 이지메いじめる 등과 같이 쓴다.

** '집따'(집단 따돌림), '반따'(학반에서의 따돌림), '은따'(은근히 따돌림), '찐따'(인간성이 찌질하다며 받는 따돌림), '카따'(카카오스토리에서의 따돌림), '공따'(공개적 따돌림), '전따'(전교생의 따돌림), '직따'(직장에서의 따돌림), '장따'(장애인 따돌림) 등은 최근 학생들이 사용하는 비속어의 사례들이다.

119

제4부

배반의 터전
―좀비에 관한 연구 55

참새 멧비둘기
소쩍새 고라니 멧돼지
그 모든 생명을 따뜻하게 껴안던 시절이 있었다
듣기만 해도 행복해지는
녀석들의 어여쁜 소리 들으며
내 가슴엔 사랑과 평화 넘쳐흘렀다
하지만 어느 아침
밭에 돋은 새싹 모조리 갉아먹은 뒤부터
나는 더 이상 놈들을 믿지 않았다
그들의 모진 배반에 당했다
인간도 마찬가지
얼마나 정성으로 돌봐 주었나
내 속의 기대와 신뢰 모조리 거두어 가는
참담한 초토화 황폐화
나는 빈 들판 바람 속의 외톨이
내 맘엔 늘 번개가 친다
믿음이란 낡은 신발 한 짝
새가 새를 배반하고
씨앗이 씨앗을 배반하고
한쪽이 다른 한쪽을 박차고 간 뒤
세상은 한 치 앞 안 보이는
좀비 터전 되었다

제노사이드[*]
—좀비에 관한 연구 56

사람은 물론
기억조차 지우려 했던
오스만제국의 아르메니아 파괴
교회 문서 작품 도서관 잿더미 되고
쫓겨난 60만 난민들 사막에서 굶어 죽었지

독일 살던
유대인으로 지식인
성소수자 모든 불편한 자들
그 600만 명 흔적 깡그리 씻어내려 했던
히틀러의 홀로코스트

캄보디아 들판에서
크메르루주에게 칼과 도끼
괭이와 철봉으로
무려 130만 명 죽어나갔던
킬링필드

아프리카 르완다
투치족 후투족 서로 싸워

150만 명 죽고 240만 명 떠돌이 난민
온갖 방법으로 죽이고 또 죽였던
피의 섬뜩한 광란

우리는 어떠했지
식민지 시절 왜놈한테 배운 악행
동포들께 그대로 저질렀나니
여수 순천 제주 거창 신천 경산 노근리
골령골 금오 계천 또 또 또

* 제노사이드genocide: 고의적, 제도적으로 어떤 종족, 민족, 인종,
종교 집단의 전체나 일부를 파괴하는 집단학살 범죄. 대부분 정치
집단에 의해 자행된다.

망월 언덕에서
—좀비에 관한 연구 57

그해 오월
분노한 빛고을 거리에서
정신 줄 놓은
좀비 군인들에게 총 맞고
칼에 찔리고 곤봉으로 맞아 죽은
너무도 가련한 주검들
모두 이곳에 묻혀 계시는구나
쓰러진 주검 하도 많아
청소차에 더께더께 실어 와
이 언덕 구덩이에 묻었다는 대목에서
내 눈엔 핏발이 선다
왈칵 눈물 맺히고 신음이 난다
그 악당들 여전히 살아
세상을 좀비로 가득 채우려 하는데
뿌연 먼지에 덮여
그날의 진실은 여전히 가려져 있네
바람 찬 언덕에 서서
많고도 많은 무덤들을 바라본다
윤상현 조성만 이한열 거쳐
시인 김남주 무덤 앞에 쪼그려 앉아

그의 묘비 쓰다듬으며
잠시 눈 감고 격동의 생애 헤아리노니
차디찬 망월 언덕에 뜬 달이
이 광경 내려다보네
파르스름한 초승달 눈에도
눈물 그렁그렁

헬조선*
―좀비에 관한 연구 58

저 희뿌연

세상의 오리무중 걸어가야 해

연기처럼 안개처럼

온 세상 뒤덮고 있는 불신

우선 나부터 살고 보자는 이기주의

오늘도 되풀이되는

안전불감증

이 뒤숭숭한 것들이

피 묻은 송곳니 드러내고

미친 듯 우르르 우르르 달려오네

흩어진 봉두난발 이리 비틀 저리 비틀

비명 지르며 달려오네

여기도 좀비 저기도 좀비

한 번 당하고도 제정신 못 차리는

벽창호의 우둔함

열 번이고 백 번이고 무참히 얻어맞고서도

또 당하는 재난의 무한 반복

아무도 믿지 못하는

불안 절망 분노로 가득한 행렬

인간 행색으로

번듯하게 위장하고

거울 앞에서 매무새 힐끗 확인한 다음

지하실 잠그고 나가는 좀비

종일 길거리 쏘다니며

뒤숭숭한 바이러스 퍼뜨리는

좀비 일상

* 헬조선: 21세기 초반의 청년층이 열악한 환경조건의 한국 사회를 자
  조적으로 일컫는 신조어.

조랑말
—좀비에 관한 연구 59

자정 가까운 밤
뒷골목 모퉁이에 트럭 한 대 서있네
트럭 짐칸에는 쇠창살 우리
우리 속에는 갇힌 조랑말 한 마리
눈 감고 우두커니 서있네
달리는 자동차 소리 요란스러워
비좁은 우리에서 앉지도 눕지도 못하네
그 모습 애처로워
지나던 사람들이 앞에 다가가
말도 걸고 툭툭 건드려도 보지만
조랑말은 수행자처럼 굳게 눈 감고 있네
낮 동안 각설이 좀비는
종일 길거리 공터에서 너스레 떨며
실컷 조랑말 부려
약 팔아먹고 이 늦은 시간
술집에서 술꾼들과 와자지껄 마시는 중
밤 기온 점점 내려가는데
각설이 주인님은 분장도 덜 지우고
말 생각조차 잊었네
조랑말은 추워

조랑말은 무서워
조랑말은 배가 고파
조랑말은 외롭고 고단해
각설이 좀비여
술타령 이제 그만하고
네 조랑말 어서 쉬게 해다오

칠포세대*
—좀비에 관한 연구 60

연애도 결혼도 사치
출산도 당연히 포기 포기
높은 실업률
고용불안에 임금은 너무 낮아
취업은 낯선 말
학자금 융자 갚을 길 없어
감당 못 할 학원비에
교재비는 벅차
이래저래 취준생 가슴엔 불꽃 활활
집값은 천정부지
당근 내 집 마련도 포기 포기
국가 성장률 빌빌
경제는 오로지 수출 위주
물가는 임금보다 자꾸 더 올라
아휴 갑갑해
누가 지금 내 목 조르나
건강한 인간관계
미래 희망은 너무 멀어 포기 포기
첨엔 삼포세대
나중엔 오포 넘어 칠포세대

이것저것 다 포기하면
마지막엔 빈방에 번개탄 피우고
포기할 게 단 하나 있지
가련한 내 목숨

* 칠포세대七抛世代: 불안정한 일자리와 사회복지시스템의 부재 등으
로 인해 연애, 결혼, 출산, 취업, 내 집 마련, 인간관계, 미래에 대
한 희망 등 일곱 가지를 포기한 청년세대를 뜻하는 신조어.

슬픈 가랑잎
—좀비에 관한 연구 61

버림받은 아기들이

바람 찬 길바닥에 누워있네

겨울 가까워지자

어미는 슬픈 얼굴로 젖줄 끊었네

그리곤 측은한 목소리로 흐느끼며 말했네

이 겨울 나려면

어쩔 도리가 없었단다

엄마 팔에 대롱대롱 매달린 아기들

타는 목으로 점점

붉게 노랗게 얼굴색 변해 갔네

어느 무서리 내린 날

아기들은 한꺼번에 우수수 떨어져 내렸네

어미는 차마 눈 뜨지 못하네

수십 년 전

한 미혼모 골목에 아기 버렸네

홀트에서 냉큼 데려가 미국 보냈지

양부모와 스물아홉 해

그 입양아 자라 어른 되었건만

출생신고도 안 된 무국적자

기어이 붙잡혀 한국으로 추방되었다네
말도 안 통하는 곳에서
일가친척 하나 없이 좀비로 지내다가
어느 해 늦가을
아파트 옥상에서 기어이 몸 날렸네
그 누구도 가랑잎 하나에
눈길 주지 않았네

대구물어*
—좀비에 관한 연구 62

20세기 초

일찍 건너와 대구 살던

일본 장돌뱅이 가와이 아사오

그가 늘그막에 쓴 『대구물어』 보다가

깜짝 놀랐네

당시 대구 사람들

가장 좋아하던 기호식품 중

으뜸은 설탕

설탕은 만병통치약

설탕 녹여 만든 눈깔사탕 옥춘당

설탕물에 술 섞은 백로주

대개 이런 것들인데

정말 놀란 건

아편가루를 왜놈 가게에서 팔았다는 것

그걸 사다가 숟가락에 담고

물에 녹여 주사기로 쭈욱 빨아 당겨

팔뚝에 뱃가죽에 찌르면

그 험한 세상도 천국 되었다네

천국 되었다네

다 썩은 조선 정부는 무관심

왜놈 통감 이토 놈은 오히려 부채질
아이들 똥 마려우면
대문 앞에서 누게 하고
강아지 불러 뒤처리시키던 광경
더럽다 비위생적이다 킬킬거리며 욕하던
그 대목에선
조금도 놀라지 않았네

* 대구물어大邱物語 : 20세기 초반 일본인 가와이 아사오(河井朝雄)가
쓴 책. 대구 거주 27년간의 견문을 담은 기록이다.

두만강 달밤
―좀비에 관한 연구 63

두만강 달밤
으스스한 모래언덕
이 강을 얼마나 많은 사람들
피눈물로 넘었을까
북 중 국경의 밤
칼처럼 파고드는 냉기
저 건너 제방을 향해 배밀이로
벌레처럼 기어가는데
강물은 저만치서 철썩이고
자갈밭 지날 때 심장 뛰는 소리 쿵쿵
머리칼은 쭈뼛
들키면 곧바로 죽음
이때 돌연히 들리는 총소리
인민군 좀비 마구 쏘아대는 총소리
머리 위로 피융 피융
총탄은 날아오고
살아야 해
우선 살고 봐야 해
얼음처럼 차가운 강물로
허겁지겁 자맥질

얼마나 많은 사람들 살길 찾아
이 강 건너다 죽었는가
그 허우적거림 어디 갔는가
오늘 밤도 살금살금 물길 건너가는
애달픈 일가족 있나니
두만강은 도망강
살길 찾아 숨죽이며 건너는
눈물의 강

신안 염전 노예 사건
—좀비에 관한 연구 64

나는 나는
앞 못 보는 시각장애
그때 영등포 역전에 있었어
누군가 취직시켜 준다 해서 따라왔어
먹여 주고 재워준다니
얼마나 좋아
소개소 놈들에게 팔려 떠나온
전남 신안군 소금밭
이 섬으로 끌려온 뒤로는
바람 찬 소금 창고에서
매일 스티로폼 깔고 잤지
주인은 좀비, 군 의회 의원
오자마자 내 머리 바리캉으로 밀고
목덜미엔 문신 새겼어
날 저물면
창고 밖 철문에
커다란 자물통까지 채웠지
썩는 냄새 지독한
염전 옆 가건물에서 살며
새벽부터 밤까지

밀대로 소금 밀며 등골 휘었지
월급 한 푼 없이
십 년 세월 구름처럼 흘러갔어
섬에서 몇 번 튀었지만
곧 끌려와서 죽도록 맞았어
나는 나는
불쌍한 염전 노예

좀비의 환생
—좀비에 관한 연구 65

저 태어난

나라 배반하고

강도 일본을 조국으로 섬긴

이광수 최남선

모윤숙 서정주 김용제 등

조선문인보국회 회원 놈들이 좀비였다

제 돈벌이와

더러운 재산 유지에 피눈 되어

왜놈 헌병 경찰들과

밤마다 고급 요정에서 흥청망청 놀아난

전국의 친일파 앞잡이 매국노

반역자 놈들이 좀비였다

이놈들 다시 환생해서

국민에게 총부리 들이대고

군홧발로 짓밟은 깡패 파쇼 독재자

매판 재벌 부정 축재 공직자

무능 국회의원

본분 잊은 모든 부류가 좀비였다

왜놈 살던
군산 구룡포를 다시
그 시절 분위기로 치장해 꾸몄는데
거기서 일본 옷 빌려 입고
히죽 웃고 다니는
철부지 젊은이들도 곧 좀비가 된다

불량식품 제조업 좀비
—좀비에 관한 연구 66

저 좀비

오늘도 바쁘네

불량식품 만드느라 바쁘네

돈 되는 거라면

그 무엇도 가릴 것 주저할 것 없네

겉만 예쁘게 포장하면 돼

속엔 중금속 쓰레기 화학물질

그 어떤 것도 다 넣어

겁내지 마

석회 두부 공업용 우지라면

색소로 물들인 고운 참깨맛 꽃게

표백제 처리한 중국산 찐쌀

벤젠 섞은 참기름

독 생강 염색 만두 파라핀 당면

초등학교 교문 앞은

우리들 시장

새 물건 내놓으면 와글와글

아폴로 차카니 쫀쫀이

똘똘이 쫄쫄이 무지개 쫀드기

맥주 사탕 볼펜 사탕 우산 사탕 네거리 사탕

과일 껌 가공 쥐포 뽑기 문어

온갖 젤리 과자 뽀빠이

담배 모양 초콜릿 화투 모양 초콜릿

월드컵 밭두렁 쌀대롱

액화 질소로 만든 용가리 과자

일본 방사능도 살짝 첨가

이것 먹은 아이들

감미료 보존료 타르계 색소

색소 과다 첨가로 혓바닥은 붉은색

자라야 할 아이들 성장 억제

위장엔 구멍 뻥뻥

성난 아토피로 온몸 벅벅

아이들 주제에 성인병 소아당뇨

이 일을 대체 어쩔거나

어찌 할거나

중독증
—좀비에 관한 연구 67

돈 벌기 힘들어

먹고 살기 힘들어

무엇이든 어디서든 서로 비교해

이게 스트레스

이렇게 빠져서 도박중독자

경마장 카지노 바다이야기 행복했어

끝내는 가정 파탄 이혼에

가족들 뿔뿔이

컴퓨터 홈쇼핑 TV 보면

좋은 물건 넘쳐 맘에 들면 질러버려

나는 지름신* 쇼핑중독자

뜯지도 않은 쇼핑 박스

입지도 않고 장롱에 그냥 걸어둔 옷

수십 수백 벌

끝내는 가정 파탄 이혼에

가족들 뿔뿔이

사는 게 심란해서 한잔

너도 나도 우리 모두 같이 한잔

빈 소주병 쌓이고
기분 알딸딸
폭탄주는 기본이 열 잔
나는야 손 벌벌 떠는 알콜중독자
끝내는 가정 파탄 이혼에
가족들 뿔뿔이

* 지름신: 충동구매가 버릇이 된 사람을 뜻하는 말로 네티즌들이 만든 신조어.

좀비와 더불어
—좀비에 관한 연구 68

대기업

공공기관 방송국

신문사들이 모여있는 거리

고층 빌딩에서

무수한 좀비들 쏟아져 나오네

점심시간이구나

오늘은 뭘 먹을까 심각하게 고민하는 좀비

일과 중에는 일해도 그만

안 해도 그만

정상 벗어난 비정상적 좀비로 구성된 조직

어떻게 하면 편하게 지낼까만 궁리하며

요령과 처세술 능하고

조직 내에서 항상

주체성 없이 무사안일로 살아가는

말 안 통하는 좀비들

그들은 기계로 조종하는 한심한 로봇

늘 뒷전에 서있으며

유리창에 자기 스타일만 다듬고

고루固陋와 고지식固知識 갖추었고

언제나 즉흥적이며

찰나적 말초적 감각에 충실하며 살아가는
좀비들 걸음걸이
그 좀비들과 앞서거니 뒤서거니
먼지 낀 거리 걷네
앞 보이지 않네

좀비의 기도
―좀비에 관한 연구 69

지금으로부터
백여 년도 훨씬 이전
남이 내 나라 땅 주인 행세한 뒤로
우리는 사랑도 평화도 잃고
올바른 분별조차 잃어버렸습니다
그로부터 수십 년
모진 압제와 수탈에서 풀려나고서도
우리는 제정신 못 차리고
한 핏줄 한겨레끼리
서로 헐뜯고 미워하며 죽도록 싸웠습니다
남이 붙인 싸움에
내 목숨 송두리째 걸었습니다
어찌 그리도 미욱하고 못난 삶이었을까요
그렇게 원수가 된 지 수십 년 세월
불편을 불편이라 여기지 못하고
그걸 즐기며 살았습니다
새장 속의 가련한 새
분단의 깊은 상처를 방치하며
용서와 화해까지 까맣게 잊었습니다
일치라는 말도 외면한 채

갈라져 사는 것에 아주 길들여져 버렸습니다
이 무관심 어찌해야 할까요
오, 우리가 당장 무엇을 해야 할까요
갈팡질팡하는 이 땅의 좀비들이
서로 존중하고 서로 사랑할 수 있도록
깨달음을 먼저 주소서

제5부 장시 스몹비 타령

스몸비 타령

그때여 스몸비는
하루아침에 그를 지배한 셀폰에게
온 영혼과 육체 다 팔리고
고매하던 교양도 문화도 잃어버리고
이젠 심신의 알거지 되어
장차 어떤 재앙이 번갯불로 내려칠 건지
징벌이 우박으로 쏟아질 건지
아무런 줄 모르고
언제나 멍하니 바보스런 얼굴로
폰에만 얼굴 박고서
골몰허는디

자, 보아라 신생아 나온다
녀석은 엄마 자궁에서부터 이미
양수에 몸을 싣고 출렁출렁 웹서핑하며
좋아서 해죽해죽 웃었다네
다섯 살배기 되어선
엄마 몰래 유튜브 야동 검색하다가
폰 뺏기어 울고 있구나

자, 보아라 학생들 나온다
교문 나서는 초중고 학생 놈들은
모두 감추어둔 폰 꺼내어 눈빨기*하고 있네
수업 중 참느라 많이 애썼네
저 여중생 한 손으로
앞머리 롤 감으며 다른 손으론 폰 보네
오홀 기발한 재주

자, 학교 앞 길거리 나온다
어떤 놈도 하나같이 폰에 눈길 꽂은 채
횡단보도 아슬아슬 건너고
버스에 타서 목적지에 내릴 때까지
오로지 폰에만 코 박고 있네
그 옆 갓길로는 롤러 보드 탄 청년
버스에 스칠 듯 휘청거리며
그놈도 예외 없이 폰질
아휴 이게 무슨 꼴

자, 건너편 길거리로 나온다
걸어가는 놈도 폰

엄마 자가용 탄 놈도 뒷자리에서 폰
어미란 것도 신호 대기 중에 폰
계단 오르는 것들은
폰 보다가 발 헛디뎌 넘어지는데
일어서면서 또 폰 보네

자, 보아라 청년들 나온다
대학교 전공 강의실에 앉아서도
강의보다 폰이 먼저
폰 속에서 지식과 진리를 찾지
교수는 혼자 떠들고 있네
오, 껍질만 남은 대학

자, 보아라 국군 풍경 나온다
한밤중 보초 서면서도 몰래 폰
총기 관리 근무 수칙은 나 몰라라 뒷전
피자와 햄버거 먹는 병사들
군바리 사연 이리도 바뀌었구나
그 엄하던 군대 기강과 규범 다 어디

자, 보아라 직장 스몸비 나온다
근무 중 폰 금지 그리도 타일렀건만
틈만 나면 폰 검색
화장실 변기에 앉아 줄곧 폰질
기업 경영 발전과 효율성은 곤두박질
회사는 자본 잠식으로 허덕이네

자, 보아라 의원 놈들 나온다
맨날 쌈질로 세월 보내는 그 축생들은
쌈질 졸음질 아니면 폰질
세상에서 가장 쓰레기라고 지탄받는 것들이
자기 흥 하나 더 보태느라 바쁘구나
에헤라 못난 것들

자, 보아라 여행자들 나온다
여수 황소식당 4인용 식탁에 앉은 네 가족
온 식구가 각자 폰만 보며 식사 중
서로 보는 일 없고 대화 없이
오로지 폰질
정은 이미 모래처럼 뿔뿔이

대관절 여행은 왜 왔나

자, 보아라 연인들 나온다
스타벅스에 마주 앉은 틴에이저
애인인 듯 보이는데
벌써 한 시간째 그대로 폰질
그러다 언제 도란도란 사랑을 쌓고
결혼 의논 하것나

자, 보아라 헬스장 풍경 나온다
헬스장 러닝 머신 위에서도 줄곧 폰질
안 볼 때가 언제인가 하고
열 번 돌아다봐도 계속 폰질
자라목은 쭉 빠져 모로 틀어지고
아뿔사 체형마저 휘었구나
벤치 프레스에 누워 역기 들다가도
잠시 쉬면서 또 폰질

자, 보아라 목욕탕 나온다
발가벗고 열탕에 온몸 담근 채

한쪽 팔만 내놓고 방수폰 웹서핑하는
저 한심한 스몸비
팔뚝엔 용 한 마리가 꿈틀꿈틀
목욕하는 동안이라도 잠시
참을 수 없었구나

자, 보아라 병실 풍경 나온다
수술 대기로 입원 중인 중환자도
잠시 정신 들면 또 폰질
의식은 오락가락 가물가물하는데
정신 들면 내 폰 외치는
저 가련한 스몸비

자, 보아라 북조선 영상 나온다
그토록 굳세고 단단하던
자력갱생 주체사상 함성 다 어디 가고
대동강변 청춘거리 거닐며
여명거리 광복거리 통일거리 거닐며
폰질에만 골몰하는 평양 스몸비

자, 보아라 영안실 나온다
독신자로 살다가 관 속에 누운 스몹비
그 뻣뻣한 손으로 여전히 폰질
조문객들 얼굴 어둡고
한쪽에선 독경 소리 낭랑한데
고인은 영정 사진 속에서 혼자 폰질

자, 보아라 화장장 나온다
명복공원 통곡 속에 화구로 끌려가면서
그게 마지막인 줄도 모르고
혹은 알 필요조차 없다는 표정으로
유족들 둘러보며 히죽 웃더니
곧 고개 돌리고 또 폰질

자, 보아라 칠성판 나온다
모든 것이 사라졌구나
다 타버리고 한 줌 재만 남았구나
뼛조각 몇 개 수습해서 유골함에 담고 나니
다 녹고 셀폰 부스러기 두 점
달랑 남았구나

아이구 무서워라

두려워라 소름 끼쳐라

이게 정말 이승의 마지막 찌꺼기인가

정신 차리고 둘러보니

여기도 스몸비 저기도 스몸비

이렇게 온 세상은 눈먼 스몸비로 여전히

득시글득시글

* 눈빨기: 대상을 뚫어질 듯 골몰하며 바라보는 짓.

· 이 장시長詩는 판소리 사설의 전통과 형식의 미덕을 활용하면서 썼다. 뜻 있는 소리꾼이 이 사설을 무대 공연 기획 작품으로 올려서 한바탕 연창으로 신명나게 풀어가기를 기대한다.

좀비야, 청산에 가자

김정수(시인)

1. 왜 풍자인가

　인간은 왜 인간일까? 인간은 왜 존엄할까? 인간으로 살
아간다는 것은 어떤 의미일까? 이런 질문은 종교나 철학의
영역에 속하므로 쉽게 답할 수 있는 성질의 것이 아니다. 명
쾌하게 설명할 수도, 그렇다고 확실하게 이해할 수 있는 것
도 아니다. 이는 인간이 현재 자연에서 차지하고 있는 특별
한 위치, 즉 인간은 왜 위대한가? 라는 부연 질문으로 이어
진다. 인간이 다른 종種이 가지고 있지 않은 독특함이나 특
별함을 가지고 있다는 것은 부정할 수는 없는 사실이다. 인
간은 자연에만 귀속되지 않는 사회성과 오랜 기간 축적·계
승한 역사와 문화, 선악의 견지에서 판단하고 행동할 수 있

는 도덕성을 가지고 있다는 것도 무시할 수 없다. 하지만 인간은 존엄성을 지키기보다 전쟁이나 범죄, 파괴 등을 통해 스스로 존엄성을 훼손하고 있다는 것 또한 역사가 증명하고 있다. 단순히 인간성 상실이라 하기에는 그 정도의 범위를 한참 벗어나 인간은 타락의 길로 가고 있다.

이동순 시인의 열일곱 번째 시집 『좀비에 관한 연구』는 이런 배경에서 씌어졌다. "인간만이 추상적으로 생각하고 상상하고, 눈에 보이지 않는 힘과 인과관계를 추론하고 설명할 수 있다"는 뇌신경 과학자이자 심리학자인 마이클 가자니가의 말을 감안할 때, 인간성 회복은 상상력의 정점에 있는 시를 통해 이루고자 한 것이라 추론할 수 있다. 시인은 이번 시집의 「시인의 말」에서 "이 시집은 우리 내부에 깊이 뿌리박힌 좀비 현상에 대한 비판과 풍자"라며, "이러한 비평적 담론을 풀어내는 적절한 화법으로 나는 랩rap 기능을 주목"했다고 밝혔다. 비판과 풍자가 그릇이라면 인간성 회복은 그릇에 담긴 내용물, 랩은 그 내용물을 파악하는 하나의 방식일 것이다. 자못 심각할 수 있는 내용을 랩의 리듬에 의지해 경쾌하고도 신속하게 풀어내고자 한 의도로 풀이할 수 있다.

작곡가보다 철학자로 더 유명한 니체는 "음악이 없다면 인생은 한낱 실수일 뿐"이라 말했다. 음악이 삶의 결핍이나 불만을 채워주고, 음악을 통해 삶을 이해할 수 있다는 의미다. 철학자가 되기 전에 작곡가가 되고 싶었던 니체는 철학자로서 이름을 얻었으나 음악가로서의 면모는 잊혀졌다. 『니체와 음악』의 저자 조르주 리에베르는 "음악은 생이 마땅히 취해야 할 모습의 메타포"라면서 "그 음악이 정점에 도달할 때, 인류가 때때로 값비싼 대가를 치르고서야 보게 되는 '위대한 정신'의 소유자, '강력한 개인성'은 음악을 이루는 모든 구성 요소의 '지속화음' 없이 존재하지 못한다"고 했다. 음악이라면 일가견이 있는 시인도 이런 연유로 초창기부터 이번 시집에 이르기까지 시에 음악을 접목시키려 했을 것이다.

이승하 시인은 평론집『한국의 현대시와 풍자의 미학』에서 이동순 시인의 첫 시집『개밥풀』에 수록된 장편 풍자시「검정버선」을 언급하면서 "정통적 리듬의 수용"이라 했다. 그는 "숭고한 것을 비천한 것으로 뒤집고 슬픈 것을 웃음으로 뒤집는 반전, 시정의 삶이 적나라하게 표현되는 구어체 및 비속어의 동원은 우리 시를 풍요롭게 하는 데 적지 않은 공헌을 하였지만 정념적인 면이 지나칠 때 정신의 황폐함을 드러내기도 했다"면서 김지하 시인의「오적五賊」과 함께「검정버선」을 언급했다. 첫 시집『개밥풀』부터 풍자와 음악을 접목한 시를 썼음을 알 수 있는 대목이다. 특히 판소리 사설의 전통과 형식의 미덕을 활용한 장시「스폼비 타령」은「검정버선」의 정통적 리듬을 수용하고 있다. 따라서 이번 시집의 문명 및 인간성 상실 비판과 풍자 그리고 음악의 접목은 하루아침에 이루어진 게 아니라 첫 시집부터 면면히 이어져 온 시정신이면서 시 창작 방식이라 평가할 수 있다.

풍자는 겉으로는 웃지만 안으로 칼을 가는 문학 형식이다. 풍자는 사이버 검열 반대 등 다양한 시민불복종 운동을 진행하는 어나니머스의 상징이 된 '브이 포 벤데타V for Vendetta'의 가이 포크스Guy Fawkes 가면, 특히 웃고 있는 가면의 뒤에서 해킹 활동으로 국가 기관이나 단체 등에 압력을 행사하는 핵티비즘Hactivism을 전개하는 어나니머스와 주어진 사실이나 대상을 곧이곧대로 드러내지 않고 과장하거나 왜곡, 비꼬아서 표현해 웃음을 유발하지만 그 대상은 개인부터 집단, 사회, 국가, 모든 인류가 될 수 있는 풍자 문학은 묘한 동질감을 공유한다. 둘 다 겉으로 웃으면서 안으로 날카로운 칼을 갈고 행동한다. 인간과 사회의 모순과 부조리에 대한 부정적·비판적 태도를 견지하고, 그 대상에 대한 교훈과 깨우침을 통해서 인간의 자유와 인간성 회복에 목적을 두고 있다. 풍자보다 해학에 더 가까운 가면극이나 인형극과 차별되는 점이다. 풍자의 생명은 진실이며, 사실을 묘사하지 않으면 풍자가 될 수 없다. 풍자는 역사와 현실에 대한 정확하고도 투철한 인식을 바탕으로 해야만 그 가치와 정당성을 인정받을 수 있다.

어여쁘다 우리 백정 갑오년 동학군으로

선봉중에 가담해서 몹쓸 폐정을 꾸짖으니

칠반천인의 대우를 개선하고

백정머리에는 평양갓 벗게 하라

쫓기는 검정버선 토굴 속에 숨어들어가

두 눈으로 피눈물이 고리고리 떨어진다

　　　　　　　　　　　　　　　―「검정버선」『개밥풀』부분

제 돈벌이와

더러운 재산 유지에 피눈 되어

왜놈 헌병 경찰들과

밤마다 고급 요정에서 흥청망청 놀아난

전국의 친일파 앞잡이 매국노

반역자 놈들이 좀비였다

　　　　　　　　　　　　　　　　―「좀비의 환생」부분

　풍자는 밝고 건강한 사회보다 어둡고 궁핍한 사회에 더 절실하고, 그 대상도 많을 수밖에 없다. 풍자의 대상이 민족이나 국가 기관처럼 크면 클수록, 자유와 평등이 억압받을수록 압력이나 위해의 위험성이 높음도 주지의 사실이다. 위험성이 높으면 자연 정신적으로 위축될 수밖에 없고, 풍자의 방식도 다소 소극적일 수밖에 없다. 하지만 이동순의 풍자는 거침이 없다. 그 대상이 개인이나 국가 기관이나 다르지 않다. 그리고 화해와 인간성 회복이라는 좀 더 큰 가치에 초점을 맞추고 있다. 이런 점이 그의 시를 높은 품격으로 끌어올리고 있다. 첫 시집『개밥풀』에 수록된 장편 풍자시「검정버선」은 1894년 동학농민혁명을,「좀비의 환생」은 일제강점기의 "친일파 앞잡이"의 매국 행위라는 엄연한 역사적 사실을 다루고 있다. 「검정버선」의 풍자 대상은 부패한 조정과 관료들, 조선 침략의 마수를 드러내 동학군을 학살한 일본 제국주의이며, 「좀비의 환생」의 대상은 일제에 동조해 동포를 핍박하고 "더러운 재산"을 늘려 간 친일 민족 반역자들이다. 독립투사의 후손답게 이동순의 시는 에둘러 말하지 않고 직설적으로 결연한 의지를 표출한다. 특히 「좀비의 환생」에서 일제의 핍박으로 고초를 겪고 있는 민초의 고통은 등한시한 채, 아니 오히려 일제와 결탁해 재산을 불리고, 그 재산을 유지하기 위해 "왜놈 헌병 경찰들과/ 밤마다 고급 요정에서 흥청망청"하는 민족 반역자의 행태를 통렬히 비판하고 있다. 앞에서 말한 풍자시의 전형을 보여 주는 대표적인 시라 할 수 있다.

2. 왜 좀비인가

살아 움직이는 시체 좀비는 아이티 민간신앙인 부두교 전설에서 유래됐다고 알려져 있다. 미국의 저널리스트인 윌리엄 시브룩의 저서 『마술의 섬』(The Magic Island, 1929) 이후 좀비는 영화나 드라마, 문학, 만화, 게임 등 다양한 분야에 등장한다. 국내외에서 좀비를 다룬 소설은 여러 권 나왔지만 좀비 연작 시집으로는 이동순 시인의 『좀비에 관한 연구』가 처음일 것이다. 좀비는 이미 죽은 존재이므로 비이성적이면서 매우 폭력적이고 공격적이다. 피로감이나 고통도

느낄 수 없다. 물리적으로 움직일 수 없는 한계까지 버티는 특성을 지니고 있다. 이런 점 때문에 좀비와 대적하는 인간은 두려울 수밖에 없다. 때로는 맞서 싸우지만 대부분은 장벽을 쌓고 차단하는 데 주력한다. 하지만 이동순 시인은 장벽을 쌓고 소극적으로 방어하기보다 과감하게 장벽을 걷어내고 좀비와 화해하려 노력한다. 때로는 무력으로 소멸시키려 하고, 때로는 사랑으로 감싸려 한다. 장벽 밖의 다수는 언제든 들이닥쳐 장벽 안의 인간들에게 위해를 가할 수 있다. 여기서 유의해야 할 것이 있다. 어느 쪽이 다수냐는 것과 누가 좀비를 만드느냐는 것이다. 일반적으로 담장 밖의 좀비들이 다수라고 생각하지만 그 반대일 경우, 좀비가 인간보다 많을 때 사회적으로 기득권층이 포위되어 공격을 당하는 듯한 피해자 의식을 주입시키고, 이를 정치적으로 이용할 수 있다. 이때 기득권층의 폭력은 정당방위 혹은 타자의 공격으로 포장되어 사회정의가 크게 훼손된다. 사회적 기득권층에서 좀비를 교묘한 통치 수단으로 역이용하지만 일반 대중은 이를 눈치채지 못하고 동조하는 우愚를 범할 수 있다는 말이다. 좀비는 단순하지만 좀비를 정치적으로 이용하는 인간들은 지능적이고 교활하다. 그들의 수단과 방법에 넘어가지 않도록 현실을 직시하고, 비판하고, 대안을 마련하는 것 또한 시인의 역할이기도 하다.

세상은 멋지게 마른다

밤거리에 야차夜叉가 다닌다고

사람들은 초저녁 대문을 닫아건다

마음은 어둠 속에 돌고

한번 닫겨 열리지 않는 문

우리들 사랑과 악수의

황음荒淫의 손바닥이 젖고 마르고

꽃 더미 속에서 한밤중

하얗게 드러내고 웃는 대문니

잠자는 새벽에 생각해도

세상은 멋지게 마른다

갑자기 한 덩이 해가 솟고

비감한 내일이 오고 있다

　　　　　　　　—「마왕魔王의 잠 19」, 『개밥풀』전문

　이동순 시에 있어서 좀비는 갑자기 등장한 것이 아니다. 이미 첫 시집 『개밥풀』에 수록된 「마왕魔王의 잠 19」에서 좀비는 "야차夜叉"의 모습을 하고 있다. 야차는 추악하고 무섭게 생긴 사나운 귀신으로서 사람들을 괴롭히거나 해치고 다닌다. "사람들은 초저녁 대문을 닫아"걸고 두려움에 떤다. 이 시가 1973년 《신동아》에 발표된 것을 감안할 때, 야차는 유신체제와 그 체제하에서 국민을 억압한 기득권층이라 할 수 있다. 대통령이 국회의원의 3분의 1과 모든 법관을 임명

하고, 긴급조치권과 국회해산권을 가진 유신헌법은 직선제에서 간선제로 바뀜으로써 사실상 영구 집권을 위한 총통제였다. 이런 암울한 분위기에서 탄생한 것이 '마왕魔王의 잠' 연작시라 할 수 있다. 이때만 해도 좀비는 친일이나 유신독재와 같은 보다 큰 대상에 머물렀다. 그 후 45년이 흐른 지금 좀비는 범죄, 전쟁, 독재, 제국주의, 매국노, 부조리, 부정부패, 불법, 중독, 무절제, 환경오염, 약물중독자, 사이보그, 스몸비와 같은 탐욕과 타락, 물질문명이 만들어낸 대상으로 확대된다.

그렇다면 이동순 시인은 왜 또다시 좀비를 들고 나온 것일까. 시인은 시집 「시인의 말」에서 "좀비zombie는 우리 내부의 모든 부정적 악습, 가치와 균형 감각의 마비 상실, 또 그로 인한 중심 이탈 때문에 생겨난 각종 우려의 기호記號"라면서 "우리가 항시 두려워하는 좀비는 그동안 방만했던 삶에 대한 경고이며, 구체적 위기를 일깨워 주는 상징"이라고 했다. 또 "탐욕을 반성하지 않고 줄곧 과거와 같은 시간을 되풀이한다면 우리는 끝내 우리가 빚어낸 좀비에게 제압당할 수밖에 없다"고 했다. 첫 시집을 쓸 때만 해도 청산하지 못한 친일과 군사독재 그리고 문질문명을 중시하고 정통적 가치와 인간성을 경시하는 풍조의 만연에 시인은 위기감을 느낀 것이다. 다분히 세월의 무게가 느껴지는 위기감은 시대의 변화를 간과한, 지나친 염려를 함유하고 있다.

열일곱 번째 시집 『좀비에 관한 연구』는 여는 시 「좀비들의 세상」부터 좀비의 발생 과정, 생리, 기질과 현상, 욕망,

꿈, 혈통, 뿌리와 계보 그리고 좀비의 종류, 좀비 퇴치법, 좀비의 인간성 회복, 인간화, 사회 정치학, 사랑법 등 마치 좀비에 대한 한 편의 논문처럼 종합적이고도 체계적으로 짜여 있다. 서론 격인「좀비들의 세상」을 먼저 살펴보자.

수십 년
지구 행성 머물며
참으로 많은 좀비 겪었네
가장 분명한 사실은 그 좀비
우리와 같은 호모사피엔스라는 점
주식과 몇 군데 부동산
세속적 명예 보잘것없는 직책
거기에 생애 걸고
허겁지겁 달려가는 무수한 좀비
거기에 목숨까지 서슴없이 바치는 좀비
그 속에 끼어서
나도 하나의 좀비로 살았네
잠시 방심한 채
그 좀비 인간으로 착각한 채
우정 존경심
사랑과 그리움 한껏 쏟은 적도 있었지

하지만 그는 끝내 부활한 시체

화폐에 영혼 붙잡힌

가련한 좀비

자기밖에 모르는 독선적 이기적 좀비

이 좀비 나라에서 버티려면

나도 좀비 되어야 하나

—「좀비들의 세상」전문

우선 좀비는 "우리와 같은 호모사피엔스"라고 정의하고 있
다. 즉 좀비란 "주식과 몇 군데 부동산/ 세속적 명예 보잘것
없는 직책"을 가지고 있으면서 "화폐에 영혼 붙잡힌" "자기밖
에 모르는 독선적"이면서 이기적이고 물질을 숭배하는 타락
한 족속이다. 반면 인간은 "우정 존경심/ 사랑과 그리움"을
우선하는 정신적 가치에 목적을 두는 숭고한 존재다. 물질
을 추구하는 좀비 같은 사람들 "속에 끼어서" 똑같이 좀비처
럼 살아온 시인은 반성한다. 물질문명이 판치는 자본주의
사회에 살면서 고귀한 정신세계를 유지한다는 것은 불가항
력이므로 시인도 좀비가 될 수밖에 없었다는 것을. 6·25전
쟁을 피해 들어간 시인이 태어난 고향 상좌원(경북 김천시 구
성면) 같은 '정신적 고향'은 이제 없다. 이타심이나 배려는 추
억 속에나 존재하는 이상향이 되었다. 근묵자흑近墨者黑이라
했는데, 더 이상 도망갈 곳도 없다. "이 좀비 나라에서 버티
려면/ 나도 좀비 되"는 수밖에 없다. 아니면 까치가 "깍깍

깍 날아가는 청산"(「마왕魔王의 잠 16」, 『개밥풀』)을 찾아가 신선
처럼 살거나 좌절하거나 모조리 갈아엎어야만 한다. 하지
만 이제는 "청산"도, "꽃 피던 마을"(「마왕魔王의 잠 1」, 『개밥풀』)
도 없다. 시인이 선택한 길은 도피나 소멸이 아닌 '갱생更生'
이다. 마음이나 생활 태도를 바로잡아 본디의 옳은 생활로
되돌아가거나 발전된 생활로 나아간다는 갱생은 좋은 말이
지만 정치적으로 잘못 사용되어 변질됐다. 특히 좀비는 다
시 인간으로 돌아올 수 없다. 여기서 주목해야 할 것은 풍자
의 대상에 그 주체는 포함되지 않는데, 시인은 좀비들 "속에
끼어서/ 나도 하나의 좀비로 살"아왔다고 고백하고 있다.
아니 고백 이전에 반성이다. 그 반성은 좀비 속으로 들어가
좀비의 인간성 회복을 돕고자 하는 의지의 표명에서 이는
행동으로 이어진다.

3. 좀비는 왜 생겼는가

근대가 공장·댐·도로 등과 같은 거대하고 무거운 것이
주류인 시대였다면 현대는 스마트폰·노트북·TV 등과 같
은 작고 부드럽고 가벼운 것이 주류인 시대다. 이런 변화
는 정치 경제, 이데올로기, 노동 가치, 커뮤니케이션, 교
통, 아이덴티티 등으로 확산됐다. 안정을 기반으로 한 고
정된 것이 불안정하고도 유동적인 사회로 변모하고 있는 것
이다. 이런 변화에 능동적으로 대처하지 못한, 아날로그 세

대의 눈에는 현대의 물질문명과 사람들이 좀비처럼 이질적일 수밖에 없다. 사회학자 지그문트 바우만은 이런 변화를 사람이나 사회나 '액체화'되고 있다고 했다. 거대하고 무거운 것은 느리게 움직이는 반면 작고 부드럽고 가벼운 것은 빠르게 움직인다. 초창기 좀비 영화와 요즘의 좀비 영화에서 좀비의 움직임을 비교해 보면 쉽게 이해할 수 있을 것이다. 더 극명하게, 2013년 개봉한 영화 『월드워 Z』에서 빠른 속도로 움직이는 좀비들이 사다리를 타듯 서로 겹쳐 장벽을 넘는 장면을 상상해 보면 된다. 좀비들은 마치 액체처럼 몰려온다. 인간과 좀비의 장벽은 무너져 이제 인간은 좀비화됐다. 지그문트는 사회적 네트워크의 해체, 집단적 행동의 붕괴로 인한 불안과 장벽을 붕괴시키는 존재는 바로 '권력'이라 했다. 과거의 권력은 거의 정치에 한정됐지만 현재는 정치와 더불어 경제가 권력의 한 축을 형성해 자유와 평등을 억압하고 있다.

그들에게

지성 기대하지 마

지성 잃어버린 인간의 부류는

모두 좀비로 바뀌었어

잔학하고 냉정한 좀비는 영생불멸

자신의 직속상관에게

맹목적 충성 바치고 복종하는

좀비는 가련한 노동자

봄볕 따스하게 내리쬐는 오후

좀비가 잠시 양심 회복하는 평화의 시간

하지만 그것도 안개처럼 사라지고

좀비는 자기 영혼

어둡고 갑갑한 항아리 속에 가두네

공장에서 대량으로 만들어지고

제품처럼 생산되는 좀비

—「좀비의 발생 과정」부분

무엇이

인간 좀비로 만들었나

그것은 개인주의

도구적 이성의 지배

시민으로서의 정치적 자유 상실

이 때문에 인간은

다만 자기 삶에만 초점 맞추고 살아가네

마음의 시야 점점 좁아지고

삶의 의미 사라졌네

남과 이웃 따위 안중에 없어

오로지 자기도취

보다 높은 삶에 대한 목적도 없어

이렇게 좀비로 바뀐 인간들

오늘도 더 많은 부동산 얻으려고

개펄 매립할 궁리

값비싼 빌딩 지으려고

가난한 달동네 허물어버릴 궁리하지

좀비들 늙어가면서

욕망 잃지 않으려 자리에 연연하며

심한 불안으로 부르르 떠네

욕망의 연결 고리 끝 보이지 않고

더 높은 권력

보다 많은 자본 축적

이 모든 기대와 욕망으로 좀비들

스스로 쌓아 올린

불행 궁전에 갇히네

—「좀비의 생리」 전문

경제 권력이 강화되면 될수록 "화폐에 영혼 붙잡힌/ 가련한 좀비"들은 "공장에서 대량으로 만들어지고/ 제품처럼 생산"된다. 정치권력과 이에 기생하던 소수의 좀비는 물질문명이 발달할수록 기하급수적으로 불어나 "세상은 이제 좀비 차지"(「좀비의 기질과 현황」)가 되었다. 인간과 좀비의 경계를 나누던 거대한 장벽도 사라져 사실상 누가 인간이고, 누가 좀비인지 구별할 수 없다. "정치와 종교의/ 권력까지 한 손에 쥐었"(이후 「좀비의 사회 정치학」)으므로 종교도 최후의 보루가 되어주지 못하고 있다. "강자에게 늘 당하던/ 약자들"이 강자(권력)에 빌붙어 그들의 꼭두각시 노릇 하면서 인간과 약한 좀비를 괴롭히고 있다. "잔학하고 냉정한 좀비"는 "자신의 직속상관에게/ 맹목적 충성 바치고 복종"하지만 이들도 결국 권력에 이용당하는 가련한 존재일 뿐이다. 한 줌 권력을 얻겠다고 "우르르 몰려다니며/ 씹고 찌르고 할퀴고 물어뜯어"(「좀비는 누구인가」) 세상을 더욱더 공포의 도가니로 몰아넣는다. 권력을 가진 자들은 절대 권력을 나눠 가지지 않음에도 그들의 꼭두각시가 된 좀비들은 마치 권력을 나눠 가진 양 약자를 괴롭힌다. 이 모든 현상은 '남보다 더' 소유하고 싶은 인간의 욕망에서 비롯된 것이다. 끊임없는 욕망으로 인해 개인주의와 물질 만능은 팽배해졌고, "도구적 이성의 지배/ 시민으로서의 정치적 자유"를 상실했다. 절망스러운 것은 나이가 들어갈수록 "더 높은 권력/ 보다 많은 자본 축적"을 위한 욕망은 더 심해지고 있다는 것이다.

4. 해결책은 무엇인가

다시 질문을 던져보자. 과연 인간은 존엄한가? 인간에

대해 야만적 행위를 일삼는 인간도 존엄한가? 인류 역사상 계속되고 있는 전쟁과 범죄, 잔혹 행위로 타인의 존엄성까지 침해하는 이들의 존엄성도 존중해 줘야 하는가? 시인은 이에 대한 해답으로 '죄의 척도'를 가늠할 수 있는 잣대를 들이민다. 친일 매국노, 민족 반역자, "파쇼 독재자/ 매판 재벌 부정 축재 공직자/ 무능 국회의원"(『좀비의 환생』)과 같은 큰 죄를 지은 이들과 난폭운전자, 약물중독자, 게임중독자, 일베, 일진, 사기꾼, 성폭행범, 스마트폰중독자, 위장 전입자, 몰카범, 좀도둑 등과 같은 중독자나 범죄자를 구분해야 한다는 것이다. 전자는 "영생불멸"의 모습으로 약자를 위압하므로 갱생의 대상이 아니지만 후자는 "과거 한때 인간"(이하 『좀비의 인간화』)이었으므로 죄는 미워하되 그들을 미워하지 말자는 것이다. 하지만 "좀비는 이제 지구의 점령자/ 좀비가 통치하는 식민지 땅에서" 인간은 죄의 경중을 가릴 위치가 아니다. 좀비가 지배하는 세상에서 인간은 생존을 걱정해야 하는 처지로 전락했다. 좀비에게 저항하거나 최소한 생존하기 위해서는 "지혜와 슬기" "높은 도덕적 기준"과 인내가 필요하다.

물질의

지나친 풍요가 좀비 만들었어

가치관의 혼란은

인간성 상실로 이어지고

뇌가 죽어버린 인간 모두 좀비 되었지

수많은 사회문제

환경문제 윤리 도덕 문제는

인간성 상실 때문에 벌어진 사태

내면의 감성과 양심

다시 회복하기

마음이 아픈 이웃과의 교류

혼자 빈방에 우두커니 하루 보내는

슬픈 사람 없도록 하기

그리고 시급한 건

내 속의 좀비 끝까지 몰아내기

좀비 침입하지 않도록

우리 주변 철저히 단속하기

자유와 평등

자연으로 돌아가서 살아가기

모든 힘든 일

함께 고민하고 극복해 가기

그 무엇보다

이기적 속물로 빠져들지 않기

풀 죽은 좀비

세상에서 사라질 때까지

—「좀비 퇴치법」 전문

시인은 인간이 좀비로 전락한 것은 "물질의/ 지나친 풍요" 때문이라 진단한다. 가진 것 없어도 콩 한 톨도 나눠 먹던 인정과 "그리움 담은 긴 편지"(이하 「좀비의 사랑법」), "방앗간에서 숨죽이며 만나/ 은밀히 나누던 사랑"은 물질문명의 발달과 황금만능으로 구시대의 유물로 전락했다. 아날로그 세대인 시인은 "실루엣으로 남아있"는 "감정의 기호"를 그리워한다. 물질의 풍요-가치관 혼란-인간성 상실이라는 연쇄반응으로 "수많은 사회문제/ 환경문제 윤리 도덕 문제"를 양산했다. 진단이 있으면 처방이 필요하다. 시인은 좀비 퇴치법으로 "내면의 감성과 양심" 회복을 기원한다. 구체적으로 "슬픈 사람 없도록 하기" "내 속의 좀비 끝까지 몰아내기" "이기적 속물로 빠져들지 않기" 등 다소 캠페인 같은 좀비 퇴치법을 제시한다. 이 시에서 눈여겨봐야 할 말은 "풀 죽은"이다. 앞에서 언급한 좀비들은 진짜 좀비라기보다 풀 죽은 우리의 자화상이기 때문이다. 풀 죽은 현대인들의 기를 살려 주는 것이 가장 좋은 좀비 퇴치법이라는 것을 우회적으로 말하고 있다.

좀비가 아주 잊어버리고 있는

사랑과 겸손과 용서 다시 가르쳐주자

더 이상 좀비와 싸우지 말고

높은 도덕적 기준

꾸준한 인내로 그들과 화해하자

좀비의 인간화

그게 지구 평화의 길

인류 멸종에서 벗어나는 길

———「좀비의 인간화」부분

좀비 가여운 좀비

그래도 힘들면 노래 크게 불러봐

다른 장면 떠올려 봐

그따위 생각은

지금 나에게 전혀 도움 안 돼

라고 크게 외쳐

좀비 가련한 좀비

마지막엔 마음 편안히 갖고

속으로 10까지 헤며 복식호흡 해봐

———「좀비를 위한 충고」부분

인간은 예로부터

더불어 공생하며 살아왔지

하지만 초록 속에서의

그 건강하고 생기롭던 공동체 잃어버리면서

인간의 좀비화 급속히 이루어지고

불행 시작되었네

좀비가 인간성 회복하려면

지혜로우면서도 침착한 중도 정신

어떤 양극단에도

치우치지 않는 바른 생각과 행동

잠자는 이성 깨워야 하네

그것만이 살길

―「좀비의 인간성 회복」 부분

거울을 보라

자주 거울을 들여다보라

내 얼굴이 혹시 좀비로 바뀌어가는지

살피고 또 살펴볼 일이다

―「좀비는 누구인가」 부분

시인이 제시한 좀비 퇴치법은 결국 "좀비의 인간화"로 귀결된다. 그것만이 "지구 평화"를 지키고, "인류 멸종에서 벗어"날 수 있는 유일한 길이라는 것이다. 좀비의 인간화를 위한 방법으로 시인은 여러 방안을 내놓는다. 가장 좋은 방안은 "높은 도덕적 기준"으로 "구준한 인내"를 발휘해 좀비들과 "화해"하는 것이다. 좀비가 되지 않기 위해서는 "자주 거울을 들여다보"며 반성할 것을 주문한다. 좀비들에게는 "자연으로 돌아가서 살" 것과 "노래 크게 불러"볼 것, "복식호흡"을 해볼 것도 함께 제시한다. 시인이 가장 안타깝게 생각하는 것은 "초록 속에서의/ 그 건강하고 생기롭던 공동체 잃어버"린 것이다. 시인은 자연의 치유력과 공동체를 통해 상실된 인간성을 회복할 수 있다고 믿고 있다. 시인은 꿈꾼다. 고향 상좌원 같은 "청산"을. 오늘도 시인은 기도한다, 아주 간절히.

　　갈팡질팡하는 이 땅의 좀비들이

　　서로 존중하고 서로 사랑할 수 있도록

　　깨달음을 먼저 주소서

　　　　　　　　　　　　　　　―「좀비의 기도」 부분